Die Nordlicht-Pferde

Geheimnis des Eises

Noomi Hebert & Lena Ollmark
Åsa Ekström

Aus dem Schwedischen
von Dagmar Lendt

Klopp · Hamburg

Die schwedische Originalausgabe erschien 2006
bei Bonnier Carlsen Bokförlag, Stockholm, Schweden,
unter dem Titel »Stall Norrsken: Isens Hemlighet«.
Die deutsche Übersetzung erscheint mit
freundlicher Genehmigung von Bonnier Group
Agency, Stockholm, Schweden.
Aus dem Schwedischen von Dagmar Lendt
Einband von Åsa Ekström
Satz: Sabine Conrad, Rosbach
Reproduktion: Die Litho, Hamburg
Druck und Bindung: Friedrich Pustet KG, Regensburg
Printed in Germany 2009
ISBN 978-3-7817-3013-7

www.erika-klopp.de

Åse kennenzulernen ist nicht leicht. Sie ist sehr still. Über ihre samische Herkunft redet sie nicht gerne. Auch nicht darüber, was der Anhänger, den sie um den Hals trägt, eigentlich für sie bedeutet.
Åse ist intelligent und stark, aber sie ist eine Einzelgängerin, die ein dunkles und trauriges Geheimnis mit sich herumträgt.
Westwind ist ein sensibles, rabenschwarzes Vollblut. Die Stute ist schön und schwarz wie die Nacht. Schnell und geschmeidig fliegt sie vorwärts – als würde sie vom Wind getragen.

Joakim ist sehr charmant und süß – aber vielleicht nicht gerade der Schlaueste. Er liebt es, im Mittelpunkt zu stehen, und kann sehr witzig sein, wie manche finden. Er kann auch sehr anstrengend sein, finden andere.
Seine Familie ist ziemlich reich – aber es gibt Probleme, die man mit Geld nicht lösen kann.
Die Connemara-Stute **Hot Flame** springt wie eine Göttin. Sie und Joakim platzieren sich bei fast allen Wettkämpfen und die Preisschleifen drängen sich an Hot Flames Boxentür. Die rote Fuchsstute ist sehr heißblütig. Es ist, als würde ein Feuer in ihr brennen.

Vera ist nicht leicht zu bremsen. Sie ist zwei Jahre jünger als die anderen und hat jede Menge Ideen. Allerdings sind es nicht immer die besten …
Wenn Vera es sich aussuchen könnte, würde sie im Stall wohnen. Zu Hause hat sie es nämlich ganz schön schwer.

Veras größter Wunsch ging in Erfüllung, als sie endlich den dunkelbraunen Isländer **Moldi** bekam. Die beiden gehören zusammen, das ist einfach so! Moldi ist stark und zuverlässig. Manchmal ist es, als würde die Erde unter seinen Hufschlägen beben.

Dies passierte im ersten Teil von
Die Nordlicht-Pferde – Geschenk des Feuers:

Eines Abends, als Andrea, Joakim, Åse und Vera ausreiten, geraten sie im Wald in die Zeremonie einer mysteriösen Gruppe, die sich »Die Älteren« nennt. Die Pferde erschrecken und springen geradewegs durch ein riesiges Feuer. Danach ist nichts mehr so, wie es war. Sie alle haben magische Kräfte erhalten. Avalanche kann plötzlich Eis und Schnee machen, Moldi lässt die Erde beben, Westwind kann fliegen und aus Hot Flames Mähne und Schweif sprühen Funken. Andrea kann Kranke und Verletzte heilen, Joakim kann Gedanken lesen und Vera kann sich unsichtbar machen. Åses Kraft gehört nicht nur ihr allein. Sie teilt sie mit ihrem toten Zwillingsbruder Adrian – die beiden können die Tore zwischen Welt und Unterwelt, der Welt der Toten, öffnen und schließen. Aber die Knochenritter der Unterwelt wollen zurück auf die Erde. Adrian und die Grauen Reiter glauben, genau wie »Die Älteren«, dass dies Chaos hervorrufen und den Untergang beider Welten zur Folge haben würde. Im ersten Kampf, in dem es den vier Freunden und ihren Pferden gelingt, die Knochenritter mithilfe ihrer Kräfte zu besiegen, darf Åse für einen kurzen Moment Adrian wiedersehen, bevor er in die Unterwelt zurückkehrt.

Prolog

Bald bricht die Nacht an.
Die richtige Nacht, die Polarnacht, in der die Sonne
sich nicht über den Horizont wagt.
In der das Leben innehält, sich einkapselt,
zittert und friert.

Das ist unsere Zeit. Im Schutz der Dunkelheit,
mithilfe der Dunkelheit, wachsen wir und werden stärker.
Wir trinken Dunkelheit, essen Dunkelheit, lieben Dunkelheit.

Die Dunkelheit wird uns helfen, das Licht zu sehen.
Die Dunkelheit ist der Beginn einer neuen Ära. Unserer Ära.

Wie du vielleicht gemerkt hast, reiten die Freunde im Buch ohne Helm. Der Grund dafür ist, dass sie im Manga-Stil gezeichnet sind und in einer übernatürlichen Welt leben. In einem Manga ist es wichtig, dass man Haare, Augen und Gesichter gut sehen kann, weil sie Gefühle und Stimmungen widerspiegeln. Ohne Helm zu reiten ist lebensgefährlich und etwas, das man im wirklichen Leben auf gar keinen Fall tun darf!

Freunde und Kumpels

Sie sind nicht älter als sieben Jahre. Es ist Winter und sie spielen Verstecken im Wald; sie verstecken sich unter Fichten und hinter großen Steinen. Es gibt jede Menge tolle Verstecke. Aber Åse lacht so viel, dass es kein Problem für Adrian ist, sie zu finden. Dann ist Åse mit Suchen an der Reihe und auf einmal ist es dunkel geworden. Sie findet Adrian nirgends. Åse sucht zwischen Baumstämmen und verschneiten Zweigen. Ihr wird langsam kalt und sie will nach Hause. Sie ruft Adrian zu, dass er herauskommen soll, aber um sie herum ist alles still. Das Einzige, was man hört, ist der Wind, der in den Bäumen flüstert. Sie sieht sich im Wald um und kennt sich plötzlich nicht mehr aus. Sie hat keine Ahnung, wo sie ist und wie sie hier wieder herausfinden soll. Da ruft Adrian sie. Er klingt ängstlich. »Åse, komm her und hol mich! Beeil dich!« Sie fängt an, in die Richtung, aus der seine Stimme kam, zu laufen, aber Adrian ist nirgends. »Hilf mir, Åse!« Jetzt ist die Stimme hinter ihr und sie dreht sich um und läuft in die andere Richtung. Sie läuft und rennt, während der Wald um sie herum ganz still ist. Sie sieht sich panisch um und ruft immer wieder Adrians Namen. Aber er antwortet nicht mehr und Åse fängt an zu weinen. Sie fühlt sich einsam und sie hat

Angst. Da entdeckt sie ihn, sieht ihn durch die Tränen hindurch. Er steht ganz ruhig ein Stück vor ihr auf dem Weg. »Wo warst du denn? Warum hast du nicht geantwortet?« Åse rennt auf Adrian zu. Die Tränen laufen ihr übers Gesicht, während sie ihrem Bruder Vorwürfe macht: »Begreifst du nicht, dass ich Angst bekommen habe?« Aber Adrian antwortet immer noch nicht. Er starrt nur mit leerem Blick vor sich hin. Da sieht Åse, dass seine Haut ganz blau ist, und seine Augen sind leer und grau. Adrian ist zu Eis gefroren. Sie schreit – aber es ist kein Ton zu hören.

Das Gefühl totaler Panik hatte Åse geweckt, wie schon so viele Male vorher. Das Herz hatte wie ein Hammer in der Brust geklopft. Sie hatte sich im Bett aufgesetzt und krampfhaft ihre Beine umklammert. So hatte sie gesessen und sich vor und zurück gewiegt, bis sie wieder normal atmete. Aber sie konnte nicht aufhören, an die Albträume zu denken. Warum waren sie zurückgekommen? Was bedeuteten sie?

»Es ist vielleicht die letzte Chance, bei Sonnenlicht auszureiten. Was meinst du?« Andreas Lachen im Stallgang weckte Åse aus ihren Grübeleien.

Åse seufzte und schüttelte den Kopf. »Wieso?«

Andrea ging in Avalanches Box, die neben der von Westwind war. Sie sah ein bisschen verlegen aus und begann, den dicken Stirnpony des großen Shire-Horse zu kämmen.

»Na ja … Bald beginnt doch die Polarnacht …«

Andrea war ganz fasziniert davon, dass die Sonne einen ganzen Monat lang nicht mehr aufgehen sollte. In zwei Wochen würde die Polarnacht anbrechen. Für Åse war das überhaupt nichts Besonderes. Im Winter ging die Sonne einen Monat lang nicht auf, so war das nun mal.

»Du findest mich naiv!«, sagte Andrea. »Sag nichts, ich weiß es! Aber ich habe so was noch nie erlebt!«

Åse widersprach nicht, aber Andrea machte deswegen noch lange kein trauriges Gesicht. Dass Andrea die Dinge nicht so ernst nahm, war etwas, das Åse sehr an ihr mochte. Andrea stand dazu, wer sie war, und sie traute sich, sie selbst zu sein. Und sie war keine, die dauernd Fragen stellte und alles wissen wollte. Andrea nahm das meiste so, wie es kam, und sie hatte fast immer gute Laune. Sie waren Freundinnen geworden, obwohl sie so verschieden waren.

Åse hatte noch nie eine »beste Freundin« gehabt. Früher, als Adrian noch lebte, war es ganz selbstverständlich gewesen, dass sie alles miteinander teilten. Und obwohl sie Geschwister waren … *gewesen* waren, waren sie doch auch Freunde. Solange Adrian da war, hatte sie keine engen Freunde gebraucht. Vielleicht brauchte sie sie jetzt?

Åse hatte begonnen, sich Andrea gegenüber zu öffnen, und ihr von damals erzählt, als sie und Adrian noch klein waren, und was sie alles für lustige Sachen zusammen gemacht hatten. Aber sie hatte ihr nichts von seinem Tod erzählt oder von ihren Schuldgefühlen. Und sie hatte kein Wort über ihre Albträume verloren.

Avalanche schnaubte und Andrea kraulte ihm die Stirn.

»Also gut, reiten wir aus«, sagte Åse. »Ich glaube, Vera und Joakim sind auch hier.«

Ein Wiehern des braunen Isländers Moldi, zwei Boxen weiter entfernt, verriet, dass sie recht hatte.

»Ich mache Westwind fertig«, sagte Åse.

»Aber was *genau* ist denn so toll an ihm?«, fragte Andrea, während sie Avalanches Sattel von der Wand der Sattelkammer herunterwuchtete.

Joakim fuhr sich mit der Hand durchs Haar und breitete die Arme aus.

»Er … er liest die Pferde sozusagen, als wäre es die leichteste Sache der Welt. Egal, ob er reitet oder einfach nur mit ihnen zusammen ist. Er hat eine eigene Methode, er macht viel mit der Stimme … Es geht darum, eine Nähe zu dem Pferd aufzubauen, damit es einem wirklich hundertprozentig vertraut!«

Jocke war völlig begeistert. Der Reitstall Nordlicht würde seinen ersten Trainingsworkshop veranstalten, ein ganzes Wochenende mehrere Kurse, geleitet von einem berühmten Trainer, und Jocke half mit, alles zu organisieren. Es war sogar seine Idee gewesen. Fast jedenfalls. Joakims schärfste Konkurrentin auf dem

Springparcours, Emma, hatte den Sommer in Skåne verbracht und seitdem sprach sie nur noch von Patrick, dem in ihren Augen besten Trainer der Welt. Joakim hatte auf Emma gehört und Joakims Vater und der Reitlehrer Jakob hatten – ein Glück! – auf Joakim gehört. Jetzt versuchten Vera, Åse und Andrea, ihm aus der Nase zu ziehen, warum dieser Patrick so toll war.

»Und das kann man bei ihm lernen?«, fragte Vera.

»Tja ... Er gibt drei verschiedene Kurse. Bei dem einen beginnt man, vom Boden aus mit dem Pferd zu arbeiten, am Halfter ... Und zwei Reitkurse, ein allgemeiner und einer, bei dem er je nach Wunsch einteilt ... Hier gibt es eine Springgruppe, eine Dressurgruppe und eine Jungpferdegruppe, glaube ich ...«

»Das hört sich super an!«, sagte Andrea. »Ich wünschte, ich könnte mitmachen!«

»Wie teuer ist das eigentlich?«, fragte Åse.

»Schweineteuer«, gestand Jocke. »Das geht los bei dreitausend ...«

Andrea zuckte mit den Schultern, Åse spitzte die Lippen und Vera machte ein enttäuschtes Gesicht.

»Ach, egal«, sagte Vera schließlich. »Ich habe ja guten Kontakt zu Moldi. Er ist tatsächlich noch besser geworden, seit ... seit ... na, ihr wisst schon.«

Åse und Andrea murmelten zustimmend. Joakim sah woanders hin. Sie redeten nicht viel über das, was passiert war. Dass sie im Wald durch ein Feuer geritten waren und dass es sie und die Pferde verändert hatte.

Dass sie seitdem seltsame Kräfte besaßen. Es war immer noch vollkommen unwirklich. Ganz zu schweigen von dem, was danach passiert war. Mit den Toten und der Öffnung zur Unterwelt.

»Wisst ihr was?«, sagte Joakim, der lieber das Thema wechseln wollte. »Ich kriege das hin, dass ihr zum halben Preis mitmachen könnt!«

»Wirklich?«, fragte Andrea. »Das wäre ja echt spitze!«

»Super!«, sagte Åse. »Westwind ist immer noch so verspannt … Ich weiß nicht, was ich tun soll, um das zu ändern.«

Nur Vera sagte nichts. Joakim legte ihr tröstend die Hand auf die Schulter.

»Vielleicht macht er ja für Ponys einen Sonderpreis?«, sagte er und zwinkerte ihr schnell zu, bevor Vera mit ihrer alten Leier anfangen konnte, dass Isländer nun wirklich Pferde waren und keine Ponys.

»Sagen wir, fünfzehnhundert für die großen Pferde und fünfhundert für die kleinen?«, ergänzte Joakim.

»Fünfhundert«, sagte Vera atemlos. »Genau so viel habe ich gespart … Eigentlich braucht Moldi eine neue Decke, aber das kann warten …«

In Gedanken sah Vera bereits vor sich, wie beeindruckt alle sein würden, wenn sie vorführte, wie gehorsam und leichtrittig Moldi war, und wie dieser Patrick sich heimlich bei ihr erkundigte, wie sie es geschafft hatte, ein so eigensinniges Pferd zu so guter Zusammenarbeit zu bewegen.

»Okay, abgemacht«, sagte Joakim und streckte die Hand aus.

»Echt spitze!«, sagte Andrea und Joakim begriff, dass sie vor allem das meinte, was er zu Vera gesagt hatte.

»Ja, ja«, murmelte er und wandte sich ab. »Zu irgendwas müssen … Kumpels ja gut sein.«

Åse lächelte. Dass der coole Superegoist Joakim sich als Veras »Kumpel« bezeichnet hatte, war großartig. Er hatte sich wirklich verändert.

»Also los, lasst uns jetzt aufsatteln!«, sagte Andrea. »Sonst geht die Sonne noch auf und wieder unter, während wir hier die Zeit verquatschen!«

Auf alten Spuren

Wenige Minuten später führten sie die Pferde auf den Hofplatz und saßen auf. Es war nicht dunkel und noch nicht mal kalt, die Sonne wagte sich immer noch ein Stück über den Horizont, und wenn sie nach dem kurzen Tag unterging, verteilte sie eine Menge Dämmerlicht über den Himmel. Das Thermometer zeigte sieben, acht Grad minus, aber vor ein paar Tagen war das Quecksilber bis auf unter fünfzehn Grad gesunken. Man musste auf der Hut sein.

Åse spähte zwischen die Bäume. Irgendwo da drinnen waren sie durch das Zauberfeuer geritten, aber sie ahnte, dass sie die genaue Stelle niemals wiederfinden würden.

Vera hatte wie immer strahlende Laune. Die Kleine hat nicht begriffen, dass man zwei Ohren und einen Mund hat, weil man doppelt so viel zuhören wie sprechen soll, dachte Åse. Jetzt redete sie gerade über das, worüber sie meistens redete, nämlich Moldi.

»Sie haben es im Prinzip versprochen«, sagte Vera. »Obwohl Mama sagt, dass Papa mehr zur Stallmiete beitragen müsste.«

Was Veras Eltern im Prinzip versprochen hatten, war, Moldi nicht zu verkaufen. Sie hatten sich solche Sorgen gemacht, als Vera im Herbst von zu Hause weggelaufen war, dass sie den Plan, sich von Moldi zu trennen, fallen gelassen hatten. Vera war von zu Hause abgehauen, als sie gehört hatte, dass ihre Mutter und deren neuer Mann Hasse drauf und dran waren, eine Verkaufsanzeige aufzugeben.

»Ich glaube, wenn ich einfach noch ein bisschen mehr arbeite und Papa überrede, etwas mehr zu bezahlen, werden sie es nie wieder erwähnen«, sagte Vera. »Ich meine, ich gehe nicht ins Kino und nasche auch nicht und Katja aus meiner Klasse macht nächsten Sommer eine Sprachreise und ich weiß, dass ich so etwas nie machen werde, weil wir dafür natürlich kein Geld haben, aber …«

»Mensch, Vera!«, sagte Joakim und machte eine theatralische Geste. »Hat dir noch nie jemand gesagt, dass man zwei Ohren und einen Mund hat, weil man doppelt so viel zuhören soll, wie man redet?«

Vera schwieg, aber nur für ein paar Sekunden.

»Hallo? Das geht doch gar nicht!«, sagte sie schließlich. »Ich meine, man ist doch fast immer mehr als zu dritt, und wenn alle gleich viel reden, dann könnte es vielleicht hinkommen, aber eigentlich …«

Vera plapperte weiter und Joakim musste lachen, als er sich vorstellte, dass man Vera, selbst wenn sie ihre Kraft benutzte und sich unsichtbar machte, trotzdem immer noch hören würde. Er selbst hörte schon gar nicht mehr hin. Er fand, es hatte gut geklungen, als er das von den zwei Ohren und dem einen Mund sagte. Die Worte waren einfach so in seinem Kopf aufgetaucht.

In der letzten Zeit war es für Joakim richtig gut gelaufen. Am letzten Wochenende hatten er und Hot Flame sich zum ersten Mal in einer richtig schweren Klasse platziert, Sara hatte mit Lukas Schluss gemacht und war jetzt in ihn verknallt und sogar in der Schule ging es richtig gut. Seine Eltern hatten mitgekriegt, dass er in den Prüfungsarbeiten mehrere Dreien und sogar zwei Zweien geschrieben hatte. Es war ganz hilfreich, wenn man Gedanken lesen konnte.

Aber nicht immer. Als er in der Französischklausur neben Åse saß, hatte er merkwürdige Gedanken von ihr aufgeschnappt. Richtig unheimlich war das gewesen.

Zuerst hatte Joakim gedacht, Åse hätte die Klausur in den Sand gesetzt, aber sie hatte fast alles richtig, wie immer. Also entweder hatte er es missverstanden oder sie hatte eine Art Schutz oder Sperre entwickelt. Joakim wagte nicht zu fragen – er schämte sich ein bisschen, dass er versucht hatte zu … ja, man musste es wohl schummeln nennen. Oder? Aber was konnte er denn dafür, dass die Fähigkeit, die er zufällig bekommen hatte, auch im normalen Leben anwendbar war? Wie auch immer, jedenfalls war die Französischarbeit nicht so schlecht ausgefallen. Er hatte einfach Jörgens Gedanken gelesen, der während der Prüfung auf der anderen Seite neben Åse saß.

Und heute Morgen hatte sein Vater vorgeschlagen,

dass sie sich langsam nach einem neuen Turnierpferd für Joakim umschauen sollten. Das würde er bald brauchen, denn Hotty sei ja bloß ein Pony, meinte sein Vater. Joakim brauchte etwas Neues!

Hotty. Wie sollte er sich jemals von ihr trennen können? Allein bei dem Gedanken, sie nicht mehr bei sich zu haben, schnürte sich ihm der Hals zusammen.

Bald waren sie an der Stelle angekommen, an der

die Hütte von Åses Großmutter gestanden hatte. Jetzt waren die Ruinen von Schnee bedeckt.

Åses Großmutter, Inga, lag immer noch im Krankenhaus. Die Brandkatastrophe hatte sie sehr mitgenommen. Zum Glück war der Rettungshubschrauber schnell gekommen. Åse würde nie wieder darüber meckern, dass Joakim sein Handy dabeihatte, wenn sie einen Ausritt in den Wald machten.

»Wie geht es deiner Großmutter?«, fragte Andrea.

»Unverändert«, erwiderte Åse. »Aber sie ist stark.«

Trotzdem sah Åse besorgt aus. Seit dem Unglück fiel es ihrer Großmutter zunehmend schwerer, zwischen Wirklichkeit, Erinnerung und Einbildung zu unterscheiden. Im Krankenhaus bezweifelte man, dass sie es schaffen würde.

Andrea hatte Åse begleitet, als sie ihre Großmutter im Krankenhaus besuchte. Und als alle Krankenschwestern und Ärzte gegangen waren, hatte sie die Gelegenheit genutzt – sie hatte Ingas Hand genommen und versucht, ihre heilende Kraft einzusetzen, um die alte Frau gesund zu machen.

Am nächsten Tag war es Inga besser gegangen. Åse hatte gesagt, dass es sicher geholfen hatte. Vera und Joakim hatten ja ihre Kräfte noch, also warum sollte es bei Andrea nicht so sein?

Sie ritten weiter durch den Wald und ein Stück die Berge hinauf. Der Platz, an dem der Kampf stattgefunden hatte, wo der Traumfleck sich geöffnet hatte und die Gestalten aus der Unterwelt herausgekommen waren, sah genauso aus wie jeder beliebige andere Ort im Wald. Die Sonne warf ihre Strahlen auf die Lichtung. In diesem Moment war es kaum vorstellbar, dass die Toten hierher zurückgefunden hatten.

Sie ritten weiter bergauf und standen schließlich auf dem Plateau, von dem Westwind gesprungen war; und Åse hatte gedacht, sie würde sterben. Aber Westwind hatte in der Luft geschwebt und Wirbelwinde zu den Monstern geschickt, die hinter ihnen auf der Klippe standen. Obwohl es erst gut einen Monat her war, kam es ihnen wie eine Ewigkeit vor.

Die Sonne versank langsam rot und glühend hinter den Bergen. Westwind stand mucksmäuschenstill mit gespitzten Ohren und sah hinaus über die Landschaft, während die letzten Sonnenstrahlen das Gelände beleuchteten. Der Himmel war beinahe wolkenlos und hatte die blassblaue Farbe angenommen, die Åse so liebte.

»Glaubt ihr, dass noch mehr passieren wird?«, fragte Vera. »Ich meine, mit denen aus der Unterwelt und so?«

»Nein. Das hoffe ich wirklich nicht!«, sagte Joakim mit Nachdruck.

Åse war ganz seiner Meinung. Aber sie bezweifelte, dass er recht hatte.

Der Gefangene des Eises

Åses Albträume wurden immer schlimmer. Sie war es gewohnt, unheimliche und schreckliche Sachen zu träumen, die sie nicht verstand. Für sie war es nicht ungewöhnlich, davon aufzuwachen, dass sie weinte und dass Atle, der Hund der Familie, sie unruhig anstupste. Aber diesen Traum hier verstand sie. Sie träumte ihn immer wieder, bis sie ihn auswendig kannte.

Sie sah Adrian, er war dort, in der Unterwelt. Er hatte Angst und war verzweifelt. Die schwarzen Knochenritter waren hinter ihm her, sie holten ihn ein und hatten vor, ihn zu fangen. Und Adrian schrie. Er schrie und schrie und schrie. Er schrie nach Åse. Er schrie um Hilfe. Aber wenn sie versuchte, zu ihm zu kommen, ging das nicht. Es war, als sei er hinter einer Wand, einer Glasscheibe. Und wenn sie an die Scheibe klopfte, verwandelte die sich in Eis, durchsichtiges Eis, das sich über das Loch gelegt hatte, in dem Adrian für immer und ewig verschwunden war. Und Åse lag auf den Knien neben dem Eisloch und sah zu Adrian hinunter, der tiefer und tiefer versank. Das Eis wirkte kilometerdick, so als sei der ganze Fluss bis auf den Grund gefroren.

Åse fühlte sich vollkommen verwirrt. Die Träume waren so realistisch, sie konnte die Kälte des Eises spüren und ihren Atem dampfen sehen …

An diesem Abend beschloss Åse, gar nicht zu schlafen. Sie hielt es einfach nicht mehr aus, Adrians Angst und Schmerzen noch ein weiteres Mal zu erleben. Während ihre Eltern in eine Dokumentarsendung vertieft vor dem Fernseher saßen, machte sie heimlich eine Thermoskanne Kaffee fertig, die sie hinter dem Computerbildschirm versteckte. Sie putzte sich die Zähne und sagte wie üblich Gute Nacht, aber dann setzte sie sich an den Computer. Völlig geräuschlos auf der Tastatur zu tippen war eine Kunst, die sie schon lange beherrschte.

Åse liebte das Internet. Da gab es einfach alles und man brauchte nicht zu sagen, wer man war, was man wissen wollte und warum. Sie hatte angefangen, sich auf verschiedenen Websites über Traumdeutung zu informieren, aber heute Nacht wollte sie an nichts denken, was mit Träumen zu tun hatte. Sie surfte zu ihren Favoritseiten, und als sie sicher war, dass ihre Eltern ins Bett gegangen waren, wagte sie es, ganz normal auf der Tastatur zu klappern und sogar die Lautstärke ein bisschen höher zu drehen.

Dieser Patrick … Joakim hatte nicht gewusst, wie er mit Nachnamen hieß. Aber Åse tippte »Patrick +Pferdetraining« ins Suchfeld und bekam fast sofort die richtigen Treffer. Das, womit er sich beschäftigte, klang wirklich ganz spannend.

Er hatte interessante Vorstellungen, wie Pferde und Menschen zusammenarbeiteten … Wie ein Pferd instinktiv seinem Reiter vertrauen wollte, aber tatsächlich jedes Mal wieder enttäuscht wurde … Dass man von Grund auf neu anfangen musste …

Åse las und notierte sich sogar eine ganze Reihe Sachen, die sie ihn vielleicht fragen wollte. Die Uhr zeigte schon halb drei. Atle lag zu ihren Füßen und schlief. Åse zündete ein paar Kerzen an und goss sich Kaffee ein und fand es eigentlich ganz gemütlich.

Draußen hatte es angefangen zu schneien – große weiße Flocken fielen langsam und friedlich zur Erde.

Um kurz nach fünf musste sie auf die Toilette. Als sie zurückkam, saß Atle an der Treppe und sah sie bettelnd an. Er dachte offenbar, dass es schon Zeit für den Morgenspaziergang war.

Åse sah auf die Uhr. Ein kleiner Spaziergang war vielleicht gar keine schlechte Idee. Dann konnte sie in einer Stunde zurück sein – und ihre Eltern würden denken, dass sie mit Atle nur kurz draußen gewesen war.

»Also gut!«, flüsterte sie. »Hol die Leine!«

Der alte Husky lief die Treppe hinunter und holte seine Leine, die in der Diele lag. Åse warf einen Blick auf das Thermometer und zog ihre dickste Jacke an.

Draußen war alles still. Es hatte aufgehört zu schneien und außer einem Auto, das langsam vorbeifuhr, gab es kein Lebenszeichen. Sie ging am Nachbarhaus vorbei und bog in die Straße ein, die zum Joggingpfad führte. Vier Kilometer, das war doch perfekt!

Plötzlich knurrte Atle. Åse sah dasselbe, was er sah –

in einem Garten hatten Kinder einen Schneemann gebaut. Die Kinder hatten sich wirklich angestrengt – der Schneemann war groß, mit Augen und Mund, einem richtigen Besen und einer Karotte als Nase. Aber statt des klassischen schwarzen Hutes hatte er eine schwarze Mütze auf, die sozusagen auf seinem Kopf lag. Sie sah aus wie eine schwarzhaarige Perücke.

Zuerst lachte Åse laut und sie beugte sich hinunter, um Atle zu streicheln. Das hier war doch nicht gefährlich. Aber plötzlich hörte sie eine Stimme. Es war nur ein Flüstern: »Åse …«

Sie starrte den Schneemann an. Besen und Karotte waren verschwunden. Plötzlich war es Adrian, der dort stand, festgefroren im Garten. Eine kalte, blaue, leblose Statue aus Eis. »Du musst mir helfen …«

Sie wich entsetzt zurück, und während Atle mit gesträubtem Fell dastand und laut bellte, drehte sie sich um und rannte los. Als hinter einem Fenster des Hauses eine Gardine zurückgezogen wurde, waren sie und Atle längst weg.

Åse war auf dem Boden zusammengesunken und zitterte. Nicht vor Kälte, sondern vor Schreck. Jetzt war wohl alles aus. Das hier war sicher der letzte Beweis dafür, dass sie verrückt war, wahnsinnig, geisteskrank. Sie musste sich das eingebildet haben. Es war ein Schneemann, den sie im Garten der Nachbarn gesehen hatte – nicht ihr toter Zwillingsbruder.

Es sei denn … Åse schlang ihre Arme um Atle und

vergrub ihr Gesicht in seinem dicken weißen Fell. Es sei denn, sie hatte die Erscheinung irgendwie heraufbeschworen.

Åse versuchte, ruhiger zu atmen. Ein … und aus. Ein … und aus … Sie sollte wohl besser zurückgehen, anstatt den Joggingpfad entlangzulaufen. Aber es war so schön, einfach nur hier zu sitzen, mit Atles warmem Körper dicht neben sich. Schnee und Eis um sie herum fühlten sich wie Watte an, die sich um sie schmiegte und sie umarmte, so als wollte sie Åse beschützen. Ihr war jetzt ganz warm, sie fror überhaupt nicht. Und sie war so müde. Åse schloss die Augen. Ihr war auf einmal, als hörte sie Töne. Zarte Klänge, wie von einem Windspiel. Ein Windspiel aus Eiskristallen, Hunderten von Kristallen, die alle in ihrem eigenen Ton vibrierten.

Der Traum kam diesmal unmittelbar. So als hätte er nur hinter ihren Augenlidern darauf gewartet, wieder abzulaufen, sobald sie die Augen schloss.

Adrian … das Eis … die Monster …

WAFF
WAFF
WAFF
WAFF
Heuuul
AH!!
ATLE, VERZEIH MIR!
... DER SCHNEE VERSUCHT, MICH ZU VERSCHLINGEN!?!
IM SCHNEE EINSCHLAFEN! DAS IST DOCH DAS GEFÄHRLICHSTE, WAS MAN TUN KANN! ABER ... DAS SIEHT JA AUS, ALS HÄTTE ...

Åse stand auf, ihre Beine zitterten und sie wischte die Tränen weg, die ihr plötzlich über die Wangen liefen. Was war sie doch für ein Dummkopf. Erst eine Menge komischer Sachen zusammenfantasieren und dann auch noch im Schnee einschlafen. Hätte Atle sie nicht geweckt, wäre sie wahrscheinlich erfroren. Sie schaute noch einmal auf die tiefe Mulde, die ihr Körper im Schnee hinterlassen hatte. Wieder überkam sie dieses unheimliche Gefühl. Sich wachzuhalten, um nicht träumen zu müssen, war keine gute Idee gewesen. Man wird verrückt, wenn man nicht schläft.

Natürlich hört sie die Rufe.
Die Rufe aus dem Dunkeln.
Die Rufe von dem, den sie am meisten liebt.

Ein Mensch hört auf sein Herz.
Damit kann man eiskalt rechnen.
Die Liebe lässt die Menschen Dinge tun,
die sie besser nicht tun sollten.

Das Wichtigste ist, dass sie die Reise antritt.
Sie ist unterwegs. Sie kommt bald.

Ein versehentliches Geständnis

An diesem Tag ging Åse nicht zur Schule. Ihren Eltern sagte sie, dass sie sich krank fühlte. Åses Eltern hatten keinen Grund, ihr nicht zu glauben. Åse hatte in der letzten Zeit … vielleicht nicht fröhlicher gewirkt, aber doch zufriedener mit allem. Vielleicht lag das an diesem neuen Mädchen, Andrea. Es war höchste Zeit, dass Åse anfing, mehr mit Freunden zusammen zu unternehmen.

Als ihre Eltern zur Arbeit gefahren waren, machte Åse sich eine Tasse heißen Kakao und ein paar Brote. Sie setzte sich vor den Fernseher und döste vor sich hin. Ob sie vielleicht zum Stall fahren und Westwind bewegen sollte, jedenfalls ein bisschen?

Um diese Jahreszeit war es einfacher, mit dem Tretschlitten zum Stall zu fahren, als mit dem Fahrrad. Heute war der Schnee perfekt, der Boden war gefroren und es lag so wenig Neuschnee, dass man leicht vorwärts kam.

Westwind war mit den anderen Pferden auf der Koppel, aber die Stute hatte nichts dagegen, ins Warme zu kommen. Der Reiterhof wirkte völlig verlassen, bis auf ein Rentnerpaar, das seine Pferde dort stehen hatte. Åse grüßte und murmelte etwas von »Freistunden« und

»bei Tageslicht ist es schöner zu reiten«. Sie nickten nur lächelnd und stimmten ihr zu.

Åse betastete den Vorderlauf des Vollblüters – gerade, kräftig und kein bisschen heiß oder geschwollen. Was auch immer dort im Feuer passiert war, es war eine richtige Kur für Westwind gewesen. Die Stute war noch nie so fit gewesen und so gut gelaufen wie jetzt. Aber gerade heute fiel es Åse schwer, Freude und Dankbarkeit zu empfinden. Sie war so müde. Und der Schock der letzten Nacht saß ihr immer noch in den Gliedern.

»Du hier? So früh?«

Vera stand vor der Box und machte ein erstauntes Gesicht. Åse griff zu derselben Lüge wie kurz zuvor – eine Freistunde vor dem Mittagessen und ein kranker Lehrer in der Unterrichtsstunde danach.

»Und wo ist dann Andrea?«, wunderte sich Vera.

Åse seufzte. Es war Zeit, ihre Taktik zu ändern.

»Und was ist mit dir? So früh ist die Schule doch wohl nicht aus, auch wenn man in die Sechste geht?«

Vera kam mit einer komplizierten Geschichte, die sowohl eine Extraaufgabe als auch einen Besuch im Kindergarten zu Studienzwecken enthielt. Vera mit ihren eigenen Waffen schlagen zu wollen, war keine gute Idee. Denn Vera hatte nicht nur für alles eine Erklärung, ihr gingen auch die Worte nie aus und heute war sie in Topform.

BIST DU MIT DEM TRETSCHLITTEN GEKOMMEN? DEM DUNKELBLAUEN MIT STERNEN UND DEM NORDLICHT DRAUF?
HAST DU DEN SELBST ANGE-MALT? DU BIST ECHT TOLL IN SO WAS!
ICH ÜBERLEGE, MOLDIS
IRGENDWIE COOL ANZUMA
DARF MAN DAS? KANNS
DU MIR NICHT HELFEN, JO
VATER ZU ÜBERREDEN? W
DU MIR HILFST, WÄRE D
ECHT SUPER!
GEHT ES DIR NICHT GUT?
ABER DU SIEHST SCHLECHT AUS!
IST IRGENDWAS PASSIERT?
BIST DU KRANK?
....

Veras Stimme gellte Åse in den Ohren. Wie konnte man sie nur zum Schweigen bringen? Ihr ständiges Geplapper war manchmal ziemlich anstrengend.

»Quatsch«, sagte Åse schließlich. »Das sind bloß diese Albträume … Ich träume, dass Adrian verletzt ist und Hilfe braucht …«

Sie bereute es sofort. Warum, um alles in der Welt, musste sie sich ausgerechnet Vera anvertrauen? Was konnte denn eine Elfjährige schon sagen oder tun? Konnte sie das überhaupt verstehen?

Åse blickte vorsichtig hoch. Vera hatte schon eine ganze Weile geschwiegen. Jetzt sah sie Åse mit ernster Miene an.

»Glaubst du, die sind wahr?«, fragte Vera leise. »Deine Träume?«

»Unsinn«, sagte Åse. »Vergiss es einfach.«

»Na klar glaubst du das!«, sagte Vera. »Sonst hättest du doch nichts gesagt. Oder?«

Der ganze Stall schien den Atem anzuhalten. Åse schwieg, aber Vera nahm es offenbar als Eingeständnis, denn sie nickte.

»Wenn du glaubst, dass sie wahr sind«, fuhr Vera fort, »und dass er wirklich Hilfe braucht, dann musst du ihm doch helfen!«

»Wie denn?«, fragte Åse. »Das geht ja nicht, selbst wenn … selbst wenn …«

»Du musst wohl eins von diesen Fenstern zwischen den Welten öffnen«, sagte Vera. »Du kannst das doch!«

Westwind schnaubte und Åse wandte sich ab. Hätte sie nur nie davon angefangen!

»Das geht nicht«, sagte sie. »Das ist verboten, das weißt du genau. Die Toten dürfen sich nicht in unserer Welt aufhalten und die Lebenden dürfen nicht bei den Toten in der Unterwelt sein … Ich werde Adrian erst dann wiedersehen, wenn ich selbst sterbe …«

Einen Moment lang machte Vera ein trauriges Gesicht. Åse sah ihr an, was sie dachte.

»Nein, nein, nein«, sagte sie schnell. »Ich habe absolut nicht vor, zu sterben. Wenn man tot ist, ist man tot, und damit warte ich gerne, so lange es irgend geht!«

Vera lächelte und Åse war erleichtert, als Vera wieder mit ihrem üblichen Geplapper anfing.

»Obwohl das gar nicht stimmt, von wegen, wenn man tot ist, ist man tot«, sagte Vera. »Ich habe von einer Frau gelesen, die fast gestorben wäre. Sie war mehrere Minuten lang so gut wie tot. Das war während einer Operation oder so und sie hat sich selbst da liegen sehen. Sie schwebte irgendwie oben und hat auf ihren eigenen Körper hinuntergeschaut, komisch, nicht?«

»Ja«, sagte Åse.

»Und dann war da noch eine Frau, die war mehrere Wochen lang hirntot und die Ärzte sagten, das wäre genau dasselbe wie tot. Und genau in dem Moment, als sie das Beatmungsgerät abschalten wollten, ist sie aufgewacht!«

»Man darf nicht alles glauben, was man liest«, sagte Åse.

Der Blick, den sie als Antwort bekam, sagte ihr, dass Vera es jedenfalls glaubte.

»Willst du ausreiten?«, fragte Åse.

»Nö«, sagte Vera. »Ich will … ein paar Sachen üben. Bis später!«

Sie verschwand hinaus auf die Koppel, um Moldi zu holen. Åse begann nachdenklich, Westwinds Schweif zu bürsten. »Dann musst du ihm doch helfen!« Veras Stimme hallte in ihrem Kopf. Es war ja so selbstverständlich, so einfach, so notwendig. Aber wie?

Åse seufzte und klopfte Westwinds Hals.

»Geh eine Weile nach draußen, mein Mädchen. Ich muss erst noch mit jemandem reden.«

Verbotene Gedanken

Åses Großmutter lag wie üblich mit geschlossenen Augen im Bett. Åse war sich nie ganz sicher, ob sie schlief oder sich nur in sich selbst verkroch.

Åse setzte sich auf die Bettkante und beugte sich vor. Es wäre zu dumm, wenn die anderen Patienten im Krankenzimmer hören würden, was sie fragen wollte.

»Großmutter«, flüsterte sie, »ich bin's! Bitte wach auf, ich muss dich was fragen!«

Die Großmutter verzog keine Miene, aber plötzlich spürte Åse, dass sie wach war.

»Es geht um Adrian«, begann Åse. »Er braucht Hilfe. Ich muss ihm helfen. Er … er ist in Gefahr.«

Die alte Frau sagte nichts. Langsam begann Åse zu glauben, dass sie sich vielleicht geirrt hatte. Ihre Großmutter hörte sie wohl doch nicht. Wahrscheinlich war sie immer noch weit weg.

»Wenn du nicht antworten kannst … Mit wem kann ich reden?«, flüsterte Åse. »Kennst du jemanden von den »Älteren«, der mir helfen kann … der Adrian helfen kann?«

»Die Älteren« – das war eine geheimnisvolle Gruppe von Menschen, die eng mit der Natur lebten, und manche glaubten, dass sie ihre Wurzeln in der samischen Kultur hatten. »Die Älteren« waren dabei gewesen, als

Åse und ihre Freunde durch das Zauberfeuer geritten waren und ihre Kräfte bekommen hatten. Åses Großmutter war eine von ihnen.

Aber auch jetzt kam keine Antwort. Åse merkte, wie die Tränen und die Müdigkeit sie überwältigten. Sie musste es jetzt wissen!

»Großmutter, es ist …«

»Ich höre dich, Åse.«

Die Großmutter hatte ihre Augen immer noch geschlossen und sie sprach sehr leise. Aber obwohl ihre Lippen sich kaum bewegten, hatte Åse keine Probleme, sie zu verstehen:

»Was du auch tust, Åse … Versuche nicht, ein Fenster zur anderen Welt zu öffnen. Ganz gleich, was du tust …«

»Aber … wie soll ich ihm denn sonst helfen können?«, flüsterte Åse.

Großmutter schlug die Augen auf und der Blick, der Åse traf, ließ sie zusammenzucken.

»Versprich es mir!«

Åse holte tief Luft.

»Ich verspreche es«, sagte sie schließlich.

Ihre Großmutter schloss die Augen und weigerte sich beharrlich, noch mehr zu sagen. Nach einer Weile war Åse sicher, dass sie wirklich schlief.

Als Åse das Krankenhaus verließ, wurde es schon langsam dunkel. Um diese Jahreszeit waren die Tage wirklich kurz. Aber wenn sie sich beeilte, konnte sie noch ausreiten, bevor es richtig dunkel wurde.

Auf dem Weg zur Koppel begegnete sie Joakim, der Hot Flame führte. Er machte ein erstauntes Gesicht, als er sie sah.

»Hallo … Ich dachte, du und Andrea, ihr habt erst um drei Schluss!«

»Ich war heute nicht in der Schule«, erwiderte Åse, die es plötzlich leid war, zu lügen und Ausreden zu erfinden. »Ich hatte keine Lust.«

Joakim wusste nicht recht, was er darauf antworten sollte. Normalerweise war Åse nicht so offen und ehrlich.

»Aha«, sagte er schließlich. »Na, du hast ja sowieso lauter Einsen, da kommt's auf ein paar Stunden mehr oder weniger wohl nicht an …«

»Ich will ausreiten«, sagte Åse. »Hast du Lust, mitzukommen?«

»Klar!«, sagte Joakim. »Super!«

Im Wald war es absolut still. Die schneebedeckten Bäume wirkten geheimnisvoll. Ein erschrockenes Eichhörnchen, das einen Kiefernzweig entlangflitzte, ließ eine kleine Schneelawine auf Joakim niedergehen, als sie vorbeiritten.

»Typisch!«, sagte Joakim. »Genau in den Kragen!«

Åse lachte. Ihr war beinahe schwindlig vor lauter Müdigkeit, aber es war schön, im Wald Gesellschaft zu haben. Sie und Joakim kamen jetzt viel besser miteinander aus, obwohl Åse immer noch fand, dass er manchmal ziemlich oberflächlich und blöd sein konnte. Aber dass sie einmal zusammen ausreiten würden, das hätte sich vor ein paar Monaten keiner von ihnen vorstellen können.

»Was ist das, was Vera üben will? Weißt du das?«, fragte Joakim. »Sie hat so geheimnisvoll getan.«

»Ich glaube, sie bereitet sich auf den Übungskurs vor«, sagte Åse. »Trainiert heimlich. Dass Moldi ihr folgt und so.«

Joakim runzelte die Stirn.

»Aber genau das sollen wir doch erst lernen!«, sagte er. »Dann ist es doch dumm … oder sinnlos … das zu üben!«

Åse lächelte, sagte aber nichts. So konnte nur jemand argumentieren, der nie Minderwertigkeitsgefühle oder Lampenfieber hatte. Es war bestimmt einfach, Joakim zu sein – wenn man etwas haben wollte, kaufte man es sich. Wenn man etwas lernen wollte, heuerte man jemanden an, der es einem beibrachte. Klar!

Sie nahmen den Weg hinunter zum Fluss, der zugefroren und mit Schnee bedeckt war. Der Mond war gerade aufgegangen und die stille Landschaft war beinahe unerträglich schön. Åse legte die Hand auf das Amulett, das sie um den Hals trug, das Mondamulett. Sie dachte an das Sonnenamulett, das Adrian hatte.

Sie machten am Flussufer halt, aber die Pferde fanden es langweilig, still dazustehen.

»Wie wär's mit einem Galopp?«, fragte Åse.

Noch bevor eine Antwort kam, rannten die Pferde schon los. Sie galoppierten über das Eis, dass der Schnee unter ihren Hufen nur so aufwirbelte. Westwind wollte noch schneller werden, sie schüttelte den Kopf und Åse gab ihr ein bisschen mehr Zügel. Aber nicht zu viel. Nach der Flugtour während des Kampfes hatte Åse etwas herausgefunden – wenn sie die Stute antrieb und dabei »flieg« dachte, hob Westwind tatsächlich ab und flog durch die Luft. Das war total verrückt, aber so war es. Mehrere Male hatte Åse Westwind beobachtet, wenn sie auf der Koppel herumraste. Nicht auszudenken, wenn ihr plötzlich einfiele, sich vor aller Augen in die Luft zu schwingen! Was dann wohl los sein würde? Nein, Åse war es am liebsten, wenn ihr Pferd sich das Fliegen gar nicht erst angewöhnte.

Bald hatten sie Hotty weit hinter sich gelassen. Die Fuchsstute war zwar schnell, aber gegen Westwind hatte sie keine Chance. Als Åse wieder nach vorn schaute, sah sie etwas, bei dessen Anblick ihr beinahe das Herz stehen blieb. Das Eisloch!

Sie zügelte Westwind ziemlich hart und die Stute zeigte ihren Unwillen, indem sie den Kopf hin und her warf und zur Seite scheute. Åse merkte es kaum. Sie versuchte, einen klaren Gedanken zu fassen.

Das war doch nicht möglich!

Es war genau dieselbe Stelle wie beim letzten Mal. Das Loch, das jemand mitten ins Eis geschlagen hatte, als sie und Adrian an jenem Abend mit dem Schneescooter über den zugefrorenen Fluss rasten. Dem Abend, an dem Adrian ertrank.

Jetzt war es wieder da. Genauso groß, genauso schwarz …

Åse starrte auf die Stelle. Sie erinnerte sich zum millionsten Mal, wie sie in dem kalten Wasser gekämpft hatte, wie Adrians Arme sie nach oben gestoßen hatten, wie sie einsam und vor Kälte zitternd neben dem Eisloch gesessen und gewartet hatte …

Aber Adrian war nicht wieder hochgekommen.

»Was die für ein Tempo draufhat, da merkt man, dass sie ein Rennpferd war!«

Joakim hatte sie eingeholt und ritt neben ihr auf. Åse hörte ihn kaum. Wie hypnotisiert starrte sie auf die dunkle Wasseroberfläche.

Plötzlich wusste sie, wie es klappen konnte. Im Bruchteil einer Sekunde begriff sie, was sie tun musste, um Adrian zu helfen.

»Beinahe tot sein …«

Åse hatte natürlich auch alles gelesen und gehört, worüber Vera geplappert hatte, über Leute, die zwischen Leben und Tod schwebten und ganz unerklärliche Sachen erlebten. Es war ja so einfach. So selbstverständlich. Sie musste nur …

»Åse! Åse, hallo! Was zum Teufel … Was passiert hier gerade?«

Joakims Stimme klang besorgt. Åse schüttelte schnell den Kopf. Mist. Joakim konnte ja jetzt Gedanken lesen. Er durfte nichts mitkriegen. Niemand durfte mitkriegen, was sie vorhatte.

»Das Eisloch«, sagte Åse. »Es ist wieder da! Es ist dasselbe wie …«

Joakim hatte für ein paar Sekunden nur unheimliche, seltsame Gedanken bei ihr gespürt. Es ging um eiskaltes Wasser um sie herum. Er hatte vor Augen gehabt, wie sie sich ins Wasser stürzte und ertrank …

Åse versuchte, ruhig zu atmen. Zu denken, dass alles wie immer war. Denken an … nichts.

»Ich verstehe«, sagte Joakim. »Das waren … so was wie … Erinnerungen?«

Sie nickte.

»Genau. Erinnerungen.«

Sie warf einen letzten Blick auf das Eisloch und versuchte, nichts zu denken, nichts zu fühlen.

Auf dem ganzen Rückweg zum Stall konnte Joakim keinen einzigen von Åses Gedanken lesen. Sie musste wirklich eine Möglichkeit gefunden haben, sie zu blockieren. Würde er jemals erfahren, was in ihrem Kopf vorging?

oogle
Search for:
Investor Relations
Nahtod-Erlebnisse

Sie ist entschlossen. Bereit, durch Feuer und Wasser zu gehen.
Bereit, Berge zu versetzen und Ozeane zu durchschwimmen.
Es wird ihr gelingen.

Einen besseren Verbündeten kann man sich nicht wünschen.

Leider wird sie sich hier nicht sehr willkommen fühlen.
Aber das lässt sich nicht ändern. Sie wird bekommen, was sie will.
Und wir werden bekommen, was wir brauchen.

Zurück zum Eis

»Wahnsinn, wie cool ist das denn!«

Andrea strahlte über das ganze Gesicht. Bisher spielte sie ihre Rolle in Åses Plan absolut perfekt. Als Åse vorgeschlagen hatte, Skijöring zu machen, war Andrea sofort Feuer und Flamme gewesen. Jetzt stand sie ein klein wenig wackelig auf ihren Skiern und ließ sich von Avalanche ziehen. Der große Wallach hatte so etwas noch nie gemacht, er war weder eingefahren noch überhaupt je im Zugseil gegangen, aber er reagierte auf ihr Johlen und Rufen mit majestätischer Ruhe und trabte hoch erhobenen Hauptes durch den Schnee. Dass er einen Menschen auf dem Rücken trug und einen zweiten hinter sich her schleppte, schien ihn überhaupt nicht zu kümmern. Im Gegenteil, er schien ganz in seinem Element zu sein.

Wäre es an einem anderen Tag gewesen, oder vielleicht eher in einem anderen Leben, hätte Åse es in vollen Zügen genossen. Aber Åse dachte an etwas anderes. Sie ging ihren Plan in Gedanken noch einmal durch. Drei Minuten, so hatte sie sich ausgerechnet, würden als Vorsprung reichen, bis Andrea sie vom Flussufer eingeholt hatte. Drei Minuten. Åse war die Strecke sogar selbst Probe gelaufen – war so gerannt, wie sie dachte, dass Andrea es tun würde. Das hatte knapp zwei Minuten gedauert und dann brauchte sie sicher noch eine weitere Minute, bis …

»Hilfe!«

Andrea lag auf dem Bauch im Schnee und Åse hielt Avalanche an. Der Wald lichtete sich. Bald würden sie am Fluss sein.

»Åse ist nicht hier, oder?«

Joakim hatte Westwind auf der Koppel gesehen, aber Avalanche nicht. Vera war dabei, Moldi zu striegeln, und wirkte ausnahmsweise etwas abwesend.

»Sie fahren Skijöring«, sagte Vera. »Ich hätte auch gerne mitgemacht, aber … anscheinend wollen sie lieber unter sich bleiben.«

Sie haben wohl so geheime Sachen zu bereden, von denen sie glauben, dass man sie nicht versteht, wenn man elf ist, dachte Vera. Aber sie wurde ja bald zwölf. Nur noch ein Monat! Dann würden auch Andrea und Åse begreifen, dass sie kein Kind mehr war.

Und Åse hatte ihr ja von den Träumen mit Adrian erzählt. Vera wusste nicht, warum, aber sie war sich sicher, dass Åse niemandem außer ihr davon erzählt hatte. Vera hatte sich auserwählt und erwachsen gefühlt. Und gleichzeitig hatte sie Mitleid mit Åse gehabt. Erst seinen Bruder zu verlieren und ihm dann nicht helfen zu können …

Joakim sah sie an. Er versuchte, die Bilder und Worte zu begreifen, die er in Veras Gedanken las.

»Wieso Adrian?«, fragte er. »Wieso helfen?«

»Keine Ahnung!«, erwiderte Vera. »Das war etwas, was sie … was Åse erzählt hat.«

»Was hat sie denn erzählt?«, fragte Joakim.

Vera wollte nicht antworten, aber als sie Joakims Blick sah, wurde sie unsicher. Sie hatte ihn noch nie so ernst gesehen.

»Sie glaubt, dass Adrian Hilfe braucht«, sagte Vera schließlich. »Sie hat geträumt …«

»Aber wie könnte sie ihm helfen?«, sagte Joakim. »Ich meine, er ist doch tot und Åse …«

Im selben Moment begriff Joakim. Was Åse neulich am Eisloch gedacht hatte, das hatte überhaupt nichts mit der Vergangenheit zu tun. Das waren keine Erinnerungen gewesen – das waren Zukunftspläne!

»Wohin wollten sie, Vera? Wohin?!«

»Runter zum Fluss, glaub ich … Da geht Skijöring ja am besten …«

Joakim stöhnte und griff sich an den Kopf.

»Ich muss sofort dahin!«, sagte er. »Mist! Wieso hab ich das nicht früher geschnallt!«

»Was denn geschnallt?«, fragte Vera, aber Joakim war schon auf dem Weg zur Sattelkammer.

Vera zögerte nur eine Sekunde. Wenn Åse Hilfe brauchte, dann musste sie auch dorthin.

»Ich kann nicht mehr … Du bist dran!«

Andrea begann die Skier abzuschnallen, aber Åse

blieb auf Avalanche sitzen. Das hier war der erste Fehler in ihrer Rechnung. Andrea würde nicht so schnell laufen können, wenn sie so erschöpft war. Sie müssten ein bisschen näher dran sein …

Egal, jetzt war es eben so, wie es war. Andrea ging auf Avalanche zu. Åse holte tief Luft. Sie hatte Angst und spürte, wie ihr Herz klopfte. Es würde schrecklich werden, für sie und für Andrea, aber es musste getan werden.

»Ist er nicht herrlich?«, sagte Andrea mit breitem Lachen.

Aber Åse antwortete nicht, sie lächelte nicht einmal.

Andrea wurde unsicher, als sie den Ausdruck in Åses Augen bemerkte. Sie sah ja … völlig verzweifelt aus! Ganz aschgrau im Gesicht und … Andrea konnte nicht genau sagen, was es war.

»Du wirst das hier sicher nicht verstehen«, sagte Åse leise. »Aber … ich muss es einfach tun. Ich werde … drüben sein. Und ich will wirklich, dass du mich rettest. Verzeih mir …«

Bevor Andrea reagieren konnte, trieb Åse Avalanche an und galoppierte übers Eis. Andrea starrte ihr verwundert hinterher.

War das ein Scherz? Was hatte Åse gemeint?

Sie verfolgte ihr weißes Pferd mit den Augen, er schien mit der Schneedecke zu verschmelzen. Andrea sah nur seine Bewegungen und die schmale Gestalt auf seinem Rücken. Weiter und immer weiter weg galoppierten sie, hinaus auf den Fluss, der von Eis und Schnee bedeckt war.

Wasser, Eis und Schnee. Ein und dieselbe Sache, nur in unterschiedlichen Formen.

Auf einmal blieb der weiße Fleck stehen und sie sah, dass Åse nicht mehr auf dem Pferd saß. Sie stand neben ihm, sie schaute nach unten …

»Neeeiiiiin!«

Plötzlich begriff Andrea und sie rannte los. Sie sah, wie ihre Freundin einen letzten Blick über die Schulter zurückwarf und dann verschwand …

Noch nie war es so weit bis hinunter zum Fluss gewesen, fand Joakim. Er trieb Hotty an und es war ihm egal, dass Vera und Moldi offenbar Probleme hatten, mit dem Tempo mitzuhalten.

Plötzlich konnte er in Åses dunklen Gedanken lesen wie in einem offenen Buch. Und er wusste, dass es furchtbar eilig war. In wenigen Minuten konnte alles zu spät sein. Bitte, Åse, tu es nicht …

BITTE, BITTE, BITTE ...
WIR MÜSSEN ES SCHAF-FEN!
ANDREA!!

WO IST SIE?
WO IST ÅSE?
...

LOSLASSEN ... NICHT DAGEGEN ANKÄMPFEN ... EINFACH SINKEN ...
ICH SPÜRE DIE STRÖMUNG ... SIE NIMMT MICH MIT ...
GENAU WIE DAMALS, ALS ICH ADRIAN VERLOR ...
ABER JETZT WERDE ICH IHN FINDEN!!!

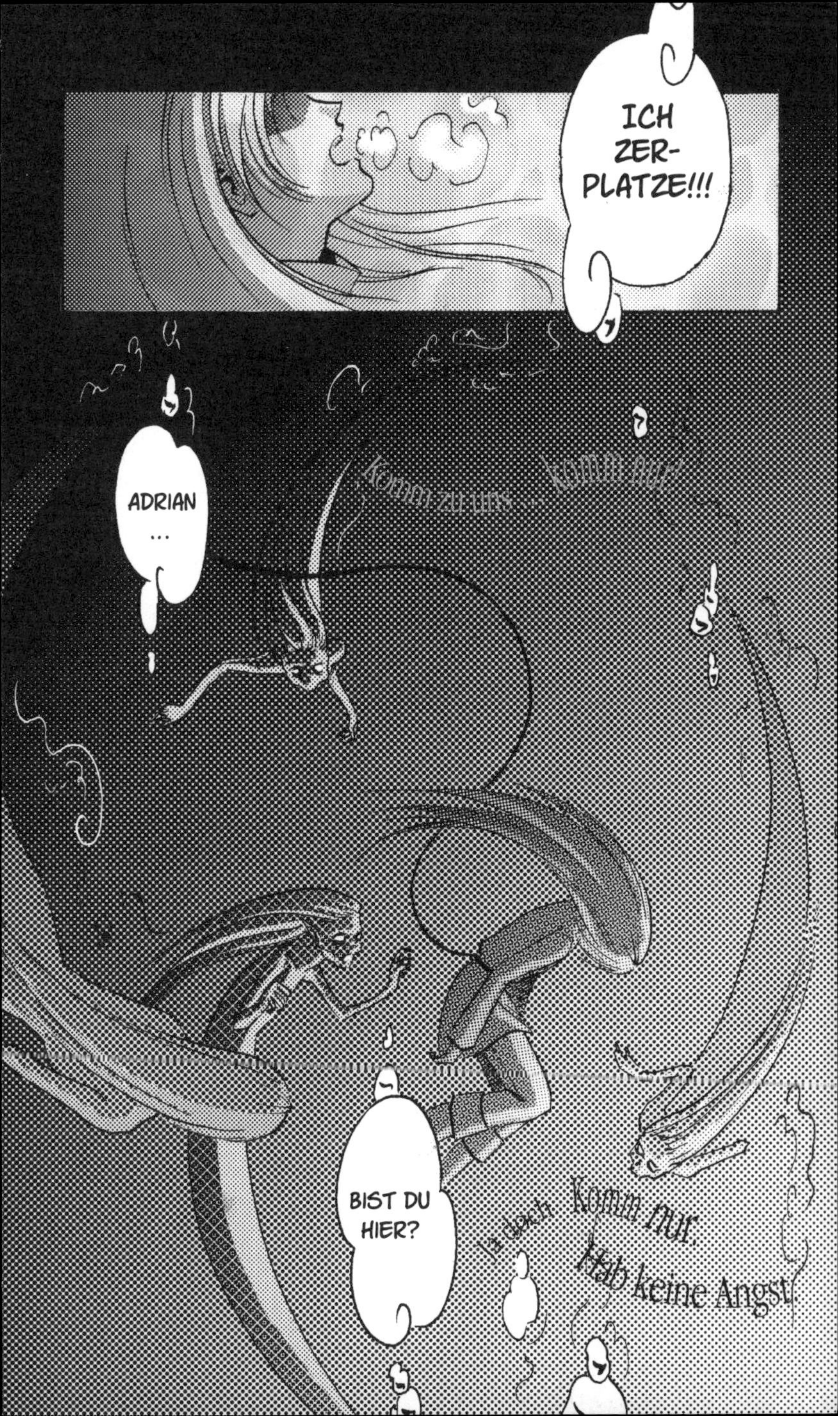
ICH ZER- PLATZE!!!
ADRIAN ...
Komm zu uns ... Komm nur!
BIST DU HIER?
Ja doch Komm nur,
hab keine Angst.

Oben auf dem Eis herrschte das totale Chaos. Bevor Andrea oder Vera reagieren konnten, hatte Joakim sich in das eiskalte Wasser gestürzt.

»Idiot!«, schrie Andrea. »Was machst du!«

Aber Joakim war schon vom Eisloch verschluckt worden. Andrea sah Vera an, die hilflos zurückstarrte.

»Das Seil!«, schrie Andrea. »Komm schnell! Hilf mir ziehen!«

Vera schaute sich um und begriff. Åse hatte für eine Rettungsleine gesorgt.

Joakim wusste nicht, was unten und was oben war. Die Kälte hatte alle seine Sinne betäubt. Er drehte sich in eine andere Richtung und versuchte, etwas zu sehen. Plötzlich spürte er eine Bewegung im Wasser. Er versuchte, dorthin zu kommen, aber es fiel ihm schwer. Es war so dunkel und so kalt. Er wusste nicht mehr, was er hier überhaupt machte.

Aber etwas bewegte sich ... Åse! Joakims Gedanken wurden klarer und er streckte die Arme aus und griff nach etwas, was an seiner Hand vorbeistrich. Er packte zu und spürte etwas Raues, Geschlungenes.

»Ich sehe sie! Da ist sie! Und Joakim!«

Vera schrie aus voller Kehle.

»Du musst mir helfen, sie über den Rand zu ziehen!«

Vera zog und zerrte mit aller Kraft. Åses Kopf war jetzt über Wasser und sie sah Joakims Hand, die sich an Åses Haaren festhielt. Warum war sie so schwer? Sie würde es nie schaffen!

Aber dann war Andrea neben ihr und auf einmal bekamen sie Åse über den Rand des Eislochs.

Andrea hatte Joakims andere Hand zu fassen bekommen, die, die nicht in Åses Haaren verwickelt war, und wenige Sekunden später war auch er draußen. Er begann sofort zu husten und zu spucken.

»Åse!«, sagte Vera. »Ist sie …«

Andrea antwortete nicht. Sie beugte sich über Åse und kontrollierte die Atmung und den Puls. Åse hatte keinen Puls! Sofort fing Andrea mit Mund-zu-Nase-Beatmung und Herzdruckmassage an. Joakim rappelte sich auf.

»Das ist deine Schuld!«, schrie Andrea. »Wenn du nicht hinterhergesprungen wärst, hätten wir sie viel früher herausgezogen … Hilf mir! Kleider! Jacken! Sie muss warm werden!«

Andrea fuhr mit der Wiederbelebung fort. Atemspende … pumpen. Atemspende … pumpen. Es tat ihr schon leid, dass sie Joakim so angeschrien hatte. Aber es stimmte ja. Wenn Åse …

»Du darfst nicht sterben!«, rief Andrea. »Du darfst nicht!«

Sie machte eine kleine Pause, um den Puls zu kontrollieren. Ihre Finger tasteten über Åses Handgelenk. Da! Ganz leichter Puls! Åses Herz schlug! Und sie atmete, wenn auch schwach.

SO HELL UND STILL.
ES BRENNT. IST DAS HITZE ODER KÄLTE?
In der Unterwelt
HALLO?
MEINE STIMME. IC ERKENNE SIE NICHT WIEDER.
NUR LEERE.

WO BIN ICH HIER?
BIN ICH IN DER UNTER-WELT?
ADRIAN? BIST DU HIER?
SAND UND STEINE. ES IST SO HELL, DASS MAN NICHTS SEHEN KANN.

Eine plötzliche Bewegung ließ sie zusammenzucken. Es war etwas, das durch die Luft fuhr und verschwand. Wie eine Bergeule oder eine Fledermaus auf der nächtlichen Jagd.

Åse hielt in alle Richtungen Ausschau. Inzwischen konnte sie schwache Konturen erkennen. Vorsichtig bewegte sie sich auf etwas Bizarres zu. Es sah aus wie ein Baum. Ein toter Baum, ohne Blätter oder Nadeln. Und da begriff sie plötzlich, was so seltsam an der Welt um sie herum war. Alles war genau umgekehrt. Wie ein Fotonegativ.

»Åse …«

Åse fuhr herum. War da jemand? Oder war das nur ein Hirngespinst?

»Åse …«

Jemand rief nach ihr.

Blaulicht und Rettungswagensirenen. Menschen in weißen Kitteln, die durch Korridore hin und her liefen. Åse auf einer Trage. Alle waren verwirrt. Andrea hielt Åses blaue Hand und Vera weinte. Joakim legte unbeholfen einen Arm um ihre Schulter. Ein Arzt brachte Åse weg und zeigte den drei Freunden einen Warteraum mit Zeitschriften und müden Topfblumen. Und dann mussten sie warten und warten und warten. Joakim versuchte, seine Gedanken auf eine einzige Sache zu konzentrieren: »Komm zurück, Åse. Wach auf!«

Åses Eltern waren da. Jemand hatte sie angerufen. Joakim hatte sie schon öfter getroffen, aber jetzt konnte er ihnen nicht mal in die Augen sehen.

Er saß einfach nur da, in Klamotten, die ihm das Krankenhaus gegeben hatte.

Joakims Handy hatte den kalten Tauchgang merkwürdigerweise überlebt und jetzt klingelte es. Er sah, dass der Anruf von zu Hause kam, und drückte ihn weg. Er wollte mit niemandem reden. Er wollte nur, dass alles wieder so war wie vorher. Aber Åse wachte nicht auf. Sie war weit, weit weg.

Die Stimmen in seinem Kopf schrien sich heiser. Alle um ihn herum hatten solche Angst. Und er selbst auch. Riesige Angst. Es wurde zu viel. Am Ende war er gezwungen, auf die Toilette zu rennen.

HUURL
BLUUSCH
WIE KONNTEN MIR ÅSES PLÄNE ENTGEHEN?!
MIST MIST MIST!
WARUM HÖRE ICH ALLE GEDANKEN AUSSER DENEN, DIE WIRKLICH WICHTIG SIND?!!

Joakim drehte die Wasserhähne auf und wusch sich das Gesicht, immer und immer wieder. Als er das nächste Mal hochsah, hatten seine Wangen wieder ein bisschen Farbe bekommen. Er atmete einige Male tief durch und ging zurück auf die Station.

Vera kauerte auf einem Sofa im Gang. Ihre Mutter war ins Krankenhaus gekommen und saß nun neben ihrer Tochter und hielt sie im Arm, während Vera schluchzte. Weiter hinten im Flur stand ein Arzt und sprach mit Åses Eltern. Er machte ein ernstes Gesicht. Joakim fing ein paar Worte auf, ohne zu wissen, ob jemand sie gesagt oder gedacht hatte. »Schockzustand.« »Koma.« »Unmöglich zu sagen.« »Einfach abwarten.«

Åses Mutter Ylva war so klein. Sie war kleiner als Åse und im Moment sah sie unglaublich zerbrechlich aus, wie sie dort neben ihrem Mann stand. Åses Vater Björn war ein großer Mann. Er versuchte, seine Frau zu stützen, aber Joakim sah, wie ihm Tränen über die Wangen liefen. Und er spürte ihre Angst, ihre schmerzlichen Erinnerungen an die Nacht, als Adrian starb.

Plötzlich hielt Joakim es nicht mehr aus. Nein. Jetzt war es genug. Er musste hier weg, sofort.

Joakim ging Richtung Ausgang. Er versuchte, alle Angst um sich herum wegzuschieben. Er hatte doch an genug anderes zu denken! In einer Woche würde Patrick kommen und bis dahin war noch jede Menge zu erledigen. Und außerdem wollte er sich mit Sara und seinen Kumpels treffen. Und diesen Film sehen.

Vor der Cafeteria lief er Andrea direkt in die Arme, die sich etwas zu trinken gekauft hatte.

»Jocke? Wo willst du hin? Ist Åse aufgewacht?«

Aber Joakim hörte sie nicht. Er wollte nach Hause und einen Film sehen oder ein bisschen am PC spielen. Er wollte weit weg sein von allen Problemen und den nervigen Stimmen in seinem Kopf.

Andrea sah Joakim erstaunt hinterher. Er verließ das Krankenhaus, ohne sich ein einziges Mal umzudrehen.

Die grelle Nacht

Åse wanderte einsam durch ein Niemandsland. Eine Mondlandschaft aus hellen Steinen und weißer Erde. Das Licht zwang sie, ihre Augen zu schmalen Schlitzen zusammenzukneifen. In ihrem Kopf machten sich dröhnende Kopfschmerzen breit. Ab und zu erahnte sie verschiedene Gestalten aus den Augenwinkeln. Sie hielten sich von ihr fern – sie gehörte nicht dorthin, war keine von ihnen, jedenfalls jetzt noch nicht. Sie war immer noch überzeugt, dass sie in der richtigen Richtung unterwegs war.

Über ihr wölbte sich ein blendend heller Himmel mit ganz, ganz winzigen dunklen Pünktchen darin. Konnte es sein, dass die Nacht hier hell war und dass es nun nachtweiß anstatt nachtschwarz um sie herum war? Oder? Sie sah hinauf zu dem spiegelverkehrten Himmel. Wenn es denn ein Himmel war. Und wenn nicht – was war es dann?

Åse schüttelte den Kopf. Der Versuch, zu verstehen, was sie getan hatte, oder die Welt zu verstehen, in der sie gelandet war, ließ sie ganz schwindlig werden. Sie versuchte, sich auf Adrian zu konzentrieren. Seine Stimme war die ganze Zeit wie ein Flüstern in ihrem Hinterkopf. Es sagte ihr, dass sie auf dem richtigen Weg war.

Es war pures Glück, dass sie die Kante sah. Das Licht

machte es beinahe unmöglich, Schatten und Veränderungen in der Umgebung zu erkennen. Aber etwas ließ Åse genau dort nach unten sehen, wo der Boden vor ihr in einen weißen Abgrund stürzte. Alles war so grell, dass sie nicht feststellen konnte, wie tief es war. Die helle Klippe schien im Nichts zu verschwinden, wie in einem Meer aus Licht. Sie tastete die Kante mit der Hand ab und spürte die raue Oberfläche von Felsen. Obwohl die Wand der Schlucht nicht senkrecht abfiel, war sie doch sehr steil. Der Abgrund war das Einzige, was vor ihr war. Åse seufzte, setzte sich hin und ließ die Beine über die Kante baumeln. Sie tastete vorsichtig mit dem Fuß die Felswand ab. Sofort lösten sich ein paar Steinchen, aber dann fand ihr Fuß doch Halt.

Plötzlich war sie froh, dass ihre Eltern ihr letzten Winter den Kletterkurs geschenkt hatten. Am Anfang war sie sich total idiotisch vorgekommen, wie sie da in einer Turnhalle vor einer Kletterwand in den Seilen hing – es wäre etwas ganz anderes gewesen, wenn das Training draußen in der Natur stattgefunden hätte. Aber das Klettern hatte ihre Gedanken von Adrian und dem Unglück abgelenkt. Man kann sich einfach auf nichts anderes konzentrieren, wenn man in der Wand hängt und nach oben muss.

Oder nach unten.

Langsam begann Åse, die Felswand hinabzuklettern. Sie war gezwungen, sich vorzutasten, immer weiter, Meter für Meter. Andererseits war es wohl ganz gut, dass sie nichts sehen konnte. Sonst hätte sie sich vielleicht nicht getraut.

Sie hatte keine Ahnung, wie lange sie geklettert war. Einmal hatte sie zufällig auf ihre Armbanduhr geschaut. Die Zeiger rasten wie wild ums Zifferblatt herum, gerade so, als wäre die Zeit durchgegangen. Åse wurde ganz schwindlig im Kopf, also konzentrierte sie sich lieber wieder aufs Klettern. Ein andermal glitt sie mit dem Fuß ab und rutschte hilflos die Felswand hinunter. Einen entsetzlichen Moment lang dachte sie, sie würde rückwärts fallen, aber dann bekam sie plötzlich Halt unter den Füßen und fand das Gleichgewicht wieder.

Sie war nicht weit davon entfernt, in Tränen auszubrechen. Was, wenn sie sich verhört hatte? Wenn sie Adrians Nachricht völlig missverstanden hatte? Sie war kurz davor, aufzugeben, als sie es hörte. Ein schwaches Flüstern.

»Hier. Hier bin ich …«

Åse blinzelte hinunter ins Licht. Und da war er! Ein Schatten. Oder richtiger gesagt, etwas Weißes. Eine Einbuchtung in der Felswand, ein Gang in den Berg hinein! Åse kletterte weiter. Etwas sagte ihr, dass sie nicht viel Zeit hatte.

Das Warten und die Sehnsucht

Wenn man nichts anderes tun kann als warten, hat man viel zu viel Zeit. Andrea konnte sich überhaupt nicht konzentrieren. Während die Französischgruppe laut aus einem Rezept über die Zubereitung von Crêpes vorlas, wanderten ihre Gedanken zu Åse. Es war fast eine ganze Woche vergangen, seit sie im Eisloch versunken war, und ihr Zustand hatte sich nicht verändert. Andrea starrte auf Åses leeren Platz neben ihr in der Bank. Es war komisch. Ein Teil von ihr war tatsächlich wütend auf Åse. Sie hatte geglaubt, sie wären Freundinnen. Und trotzdem hatte Åse beschlossen, die Sache ganz allein durchzuziehen – ohne Andrea zu erzählen, was sie vorhatte. Und Andrea hatte ihr sogar geholfen! Irgendwie war sie auch schuld. Sie schielte zu Joakim, der mit dem Rücken zu ihr saß. Er war so komisch geworden, seit das alles passiert war. In der Schule ging er ihr aus dem Weg und im Reitstall war er nur damit beschäftigt, Patricks Besuch zu planen. Andrea seufzte. Es musste doch irgendetwas geben, was sie tun konnte! Einfach nur zu warten, machte sie ganz verrückt. Endlich klingelte es zur Pause. Andrea begann, ihre Bücher zusammenzupacken.

»Tragisch, das mit Åse …«

Andrea blickte hoch und sah Josefin. Es war offensichtlich, dass ihre Klassenkameradin das, was mit Åse passiert war, keineswegs tragisch fand. Sie war einfach nur neugierig.

»Ich hab gehört, dass sie versucht hat, sich umzubringen. An derselben Stelle, an der Adrian letztes Jahr ertrunken ist …«

Josefin stand immer noch vor Andreas Bank und lächelte erwartungsvoll. Sie wollte mehr wissen. Nicht, weil sie sich was aus Åse machte, sondern weil es spannender Klatsch war.

»Meine Güte noch mal …«, murmelte Andrea.

Sie stand auf und lief schnell aus dem Klassenzimmer. Josefin blieb enttäuscht zurück.

Andrea beschloss, Mathe am Nachmittag ausfallen zu lassen. Stattdessen ging sie ins Krankenhaus. Auf Åses Station war es ganz ruhig. Sie lag allein in ihrem Zimmer. Andrea begriff, dass dies vielleicht ihre Chance war. Wenn es jemanden gab, der Åse gesund machen konnte, dann war sie es. Dass es draußen auf dem Eis nicht funktioniert hatte, lag ganz bestimmt nur daran, dass sie sich nicht richtig hatte konzentrieren können.

Sie schaute hinaus auf den Korridor und sah sich um. Niemand schien sich um sie zu kümmern. Åse hatte fast Tag und Nacht Besuch, egal, ob Besuchszeit war oder nicht. Die Ärzte und Krankenschwestern sagten nichts. Sie meinten, dass es gut für Åse wäre, Menschen um sich herum zu haben, die mit ihr redeten und sich um sie kümmerten. Sie zeigte zwar keine Reaktion, aber vielleicht bekam sie ja doch etwas mit.

Andrea setzte sich neben Åses Bett. Sie sah so kalt aus, wie sie da unter der Decke lag. Sie hatte dunkle Ringe unter den Augen und die Lippen waren blau. Andrea holte tief Luft. Es musste klappen! Was sollte es sonst für einen Sinn haben, die Kraft zu heilen zu besitzen, wenn sie Åse nicht helfen konnte? Sie legte ihre Hände auf Åses, die auf der Bettdecke lagen, schloss die Augen und konzentrierte sich.

»Bitte, Åse, komm zurück …«

Nur noch zwanzig, dreißig Zentimeter. Åse streckte sich nach dem nächsten Vorsprung. Die Öffnung war jetzt deutlich zu sehen. Sie reckte den linken Fuß schräg nach unten und fand Halt. Endlich. Langsam ließ sie sich zum Rand der Öffnung im Felsen hinab. Dort hielt sie kurz inne. Erst mal verschnaufen, bevor sie in den Schacht hineinging. Sie wusste, dass sie dort hinein musste.

Plötzlich war sie nicht mehr allein. Da war jemand neben ihr und hielt ihre Hand. Jemand, der sie dort wegholen wollte. Die Umgebung begann zu verblassen und undeutlich zu werden. Åse klammerte sich am Felsen fest und versuchte mit aller Macht, zu bleiben. Sie sah plötzlich ein Zimmer. Es sah genauso aus wie das, in dem ihre Großmutter im Krankenhaus lag. Und dann sah sie Andrea.

»Nein!«, murmelte Åse. »Andrea, nein. Hör auf! Nicht jetzt, wo ich so weit gekommen bin …«

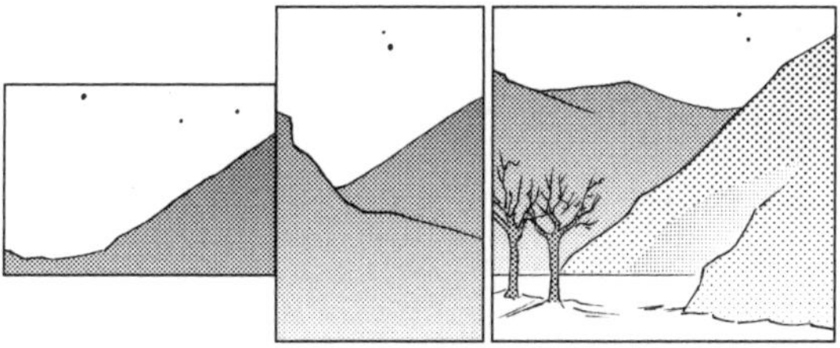

Die Bilder trafen Andrea wie Blitzlichter aus einer Kamera. Sie trafen sie so schnell, als hätte ihr jemand gegen die Stirn geschlagen. Sie taten nicht weh, aber Andrea war trotzdem überrumpelt und erschrocken. Die Bilder blieben nur eine Zehntelsekunde. Sie waren hell und verzerrt und zeigten eine einsame Landschaft, in der der Wind rückwärts zu wehen schien. Sie sah Åse, die sich an einem Felsen festklammerte, und spürte, wie Åse darum kämpfte, sie aus ihrem Bewusstsein zu stoßen.

Andrea war ratlos. Wieso konnte sie Åse nicht helfen?

»Warum wehrst du dich dagegen, Åse?«

Andrea merkte zu ihrer Verwunderung, dass sie weinte. Sie war so wütend, dass sie die Tränen nicht zurückhalten konnte. Andrea war enttäuscht. Da hatte sie eine Kraft bekommen, von der sie kaum verstand, was sie bewirkte – und jetzt, wo sie sie wirklich brauchte, funktionierte sie nicht!

»Es liegt nicht an dir oder deiner Kraft.«

Andrea drehte hastig den Kopf. Am Fußende des Bettes saß Åses Großmutter Inga im Rollstuhl. Andrea hatte gar nicht gehört, dass sie hereingekommen war. Inga lächelte sie schwach, aber aufmunternd an.

»Sie kann nicht zurückkommen. Noch nicht … Sie ist bei Adrian. In der Unterwelt …«

Inga schüttelte langsam den Kopf.

»Aber es bleibt nicht mehr viel Zeit.«

Ihr Gesicht verzog sich vor Sorge. Ihre eisblauen Augen sahen Andrea ernst an.

»Ihr anderen werdet hier gebraucht …«

»Was ist eigentlich genau los?«, fragte Andrea. »Bitte, sagen Sie es mir, ich muss es wissen. Ich habe Angst …«

Die alte Frau wendete den Rollstuhl und fuhr Richtung Tür. Dann drehte sie sich noch einmal um und sah Andrea fest in die Augen.

»Du weißt, was geschehen wird … Du bist den Toten schon begegnet …«

Bevor Andrea fragen konnte, was sie damit meinte, starrte die Großmutter mit leerem Blick vor sich hin. Dann begann sie, sich langsam vor und zurück zu wiegen und eine Melodie zu summen, die Andrea noch nie gehört hatte. Sie schien völlig in ihre eigene Welt versunken zu sein. Andrea ging langsam auf sie zu.

»Bitte, Inga … Wie kann ich Kontakt zu den »Älteren« aufnehmen? Sie müssen uns helfen …«

Inga schaukelte und summte einfach weiter, als hätte Andrea nichts gesagt.

Andrea seufzte. Sie würde wohl nicht mehr erfahren. Sie folgte Ingas leerem Blick durchs Fenster nach draußen. Der Himmel war grau und düster. Wenn sie nur wüsste, was sie tun konnte, um Åse zu helfen. Andrea stand auf, um zu gehen, aber im selben Moment packte Inga mit hartem Griff ihr Handgelenk. Andrea zuckte zusammen.

»Das Eispferd. Du bist doch die mit dem Eispferd, oder?«

Plötzlich schien sie wieder völlig klar zu sein. Andrea bekam es mit der Angst zu tun. Die knochigen Finger der Alten gruben sich in ihren Arm. Ihr durchdringender Blick brannte wie Feuer. Andrea versuchte, sich loszumachen.

Inga drehte den Kopf und sah wieder aus dem Fenster. Die grauen Berge starrten kalt zurück.

»Hüte dich vor dem Eis. Es kommt. Mit den Toten …«

Inga ließ Andreas Handgelenk los und ihr Gesicht bekam wieder diesen leeren Ausdruck.

»Da sind Sie ja!«

Eine Krankenschwester steckte plötzlich den Kopf zur Tür herein. Sie kam ins Zimmer und drehte mit einer schnellen, geschickten Bewegung den Rollstuhl herum.

»Ich hatte doch gesagt, Sie sollen nicht allein losfahren.«

Die Schwester klang nicht unfreundlich, aber doch ein wenig ärgerlich – so als spräche sie mit einem ungehorsamen Kind und nicht mit einer Erwachsenen. Sie sah Andrea über Ingas Kopf hinweg an und machte eine Handbewegung, um zu erklären, dass die Frau alt und verwirrt war.

Bevor Andrea etwas sagen oder tun konnte, hatte die Schwester Inga aus dem Zimmer geschoben und zwei andere Schwestern kamen herein. Andrea sah stumm zu, wie sie sich um Åse kümmerten und ihren Tropf auswechselten. Åse bewegte keinen Muskel. Sie war weit, weit weg.

Åse merkte, wie Andrea losließ. Es tat beinahe weh. Sie vermisste ihre Freundin, und wenn sie an Westwind dachte, wurde sie noch unglücklicher. Vielleicht war es doch keine so gute Idee gewesen, ganz allein hierherzukommen? Åse versuchte, die Gedanken zu verjagen und sich auf Adrians Stimme zu konzentrieren. Sie stand auf und klopfte sich den gröbsten Staub ab. Vorsichtig bewegte sie sich in den Höhlengang hinein. Hier war das spiegelverkehrte Licht noch merkwürdiger. Die Gänge wurden nicht etwa immer dunkler, sondern je schmaler sie wurden, desto heller strahlte das Licht in ihnen. Die Felswände waren rau und kühl. Åse atmete tief durch und ging weiter in den Berg hinein.

Plötzlich hatte sie das Gefühl, dass Adrian ganz nahe bei ihr war. Der Tunnel war leer und still. Dann meinte sie, auf einer Seite eine Veränderung in der Felswand zu sehen, ein paar Meter weiter hinten. Åse starrte auf die helle Wand. Etwas stimmte nicht damit. Sie streckte den Arm aus, um die Oberfläche zu berühren. Aber da war kein Widerstand. Ihre Hand ging direkt hindurch und verschwand in dem Hellen, als wäre es Milch. Sie drehte sich um und befühlte die gegenüberliegende Wand, aber die war fest und rau. Wieder tastete sie nach der anderen Seite und abermals glitt ihre Hand geradewegs hinein. Es fühlte sich kalt auf der Haut an und die Haare auf ihren Armen sträubten sich. Bald war ihr ganzer Arm bis zum Ellbogen darin verschwunden. Langsam steckte Åse auch den anderen Arm hinein. Sie tastete und suchte, konnte da drinnen aber keinen Widerstand spüren. Und sie sah nichts. Åse zögerte. Sollte sie es wagen, einen Schritt durch die Wand zu machen? Sie holte tief Luft.

Im selben Moment schloss sich auf der anderen Seite der Wand etwas um ihre Handgelenke. Etwas oder jemand packte ihre Arme mit festem Griff. Åse warf sich nach hinten und versuchte, loszukommen. Sie zog und zerrte, aber es nützte nichts. Was auch immer es war, das sie auf der anderen Seite der Wand gepackt hielt, es zog sie unweigerlich zu sich heran, durch das Licht und in die Wand hinein. Åse schrie.

Wenn Freunde versagen

Am Freitagnachmittag waren jede Menge fremde Leute im Reitstall. Ein paar davon kannte Vera von Wettkämpfen hier in der Gegend, bei denen sie zugesehen hatte, aber die meisten waren ihr unbekannt. Der Hof war mit Pferdetransportern zugeparkt. Alle Plätze im Stall Nordlicht waren ausgebucht und viele Reiter hatten sich mit ihren Pferden auf kleineren Bauernhöfen in der Nähe einquartieren müssen.

Das Klubzimmer des Reitvereins war herausgeputzt worden und diente jetzt als Sekretariat und Kaffeebar, in der die örtliche Reiterelite sich traf und Pferdeneuigkeiten und Klatsch austauschte. Vera fühlte sich ein bisschen fremd im Stall und Jakob lief mit mürrischem Gesicht durch die Gegend. Er hatte jede Menge Reitstunden absagen müssen. Es war einfach unmöglich, die Tagesabläufe des Reitvereins aufrechtzuerhalten, wenn Stall und Reithalle andauernd besetzt waren.

»Was tut man nicht alles, damit es dir gut geht«, murmelte Vera und klopfte die Bürste an der Boxenwand aus, sodass der Staub zu Boden rieselte. Ein Islandpferd so zu striegeln, dass das Fell glänzte, war eine echte Herausforderung. Moldi döste mit geschlossenen Augen vor sich hin und genoss das Ganze einfach. Seine

Unterlippe hing herunter und er wirkte völlig zufrieden. Vera wischte sich den Schweiß von der Stirn und zog ihn liebevoll am Ohr.

Es war schön, etwas Sinnvolles zu tun zu haben. Die anstrengende Arbeit sorgte dafür, dass sie nicht dauernd an Åse im Krankenhaus dachte und daran, was als Nächstes passieren würde. Es war so schwer, nichts tun zu können und einfach nur abwarten zu müssen.

»Hallo …«

Andrea kam durch die Boxentür. Sie klopfte Moldis Hals, dass es nur so klatschte. Moldi schreckte auf und schüttelte sich verschlafen.

»Sie haben gerade die Listen für das Wochenende aufgehängt. Sollen wir mal nachsehen, in welchem Kurs wir sind?«

Vera und Andrea gingen zur großen Pinnwand vor der Sattelkammer, die jetzt voller Listen mit Namen und Zeiten war. Die Listen waren richtig professionell in Farbe gedruckt und hatten keinerlei Ähnlichkeit mit den handgeschriebenen Stundenplänen und Zetteln, die sonst an der Pinnwand hingen. Jakob kam mit einem Sattel aus der Sattelkammer.

»Machst du noch eine Reitstunde vor Patrick?«, fragte Vera, aber er murmelte nur etwas vor sich hin und verschwand im Stall. Andrea zuckte die Schultern.

»Kein Wunder, dass er sauer ist, wo Patrick doch praktisch den ganzen Reiterhof übernommen hat. Das ist ja bestimmt gute Werbung für den Reitklub, aber trotzdem …«

Sie begannen, die Listen abzusuchen. Um die Übungen für die am weitesten Fortgeschrittenen und die Springkurse brauchten sie sich nicht zu kümmern. Andrea und Vera sollten einerseits Unterricht im Umgang mit Pferden bekommen und andererseits eine grundlegende Lektion, wie man sein Pferd dazu brachte, ganz generell balancierter zu arbeiten. Andrea war neugierig und wahnsinnig gespannt, was ein richtiger Profi zu Avalanches Gang und Haltung sagen würde. Es gab ja ungefähr eine Million Sachen, die man tun konnte, um seine Reitkünste zu verbessern.

Nach einer Weile hatten Andrea und Vera sich durch sämtliche Listen an der Pinnwand gekämpft. Ihre Namen hatten sie nirgends entdeckt.

»Ist ja komisch«, sagte Vera und trank ein paar Schlucke aus ihrer Kakaoflasche. »Da muss irgendwo ein Fehler passiert sein.«

Sie gingen zusammen ins Sekretariat im Klubzimmer. Dort saß eine gestresste Frau mit einem Laptop, die erklärte, sie habe eine komplette Übersicht über alle Anmeldungen, Teilnehmer und Uhrzeiten – und ihre Namen seien nirgendwo dabei. Andrea und Vera waren für keine der Übungen eingetragen. Denn sonst würden sie ja dort in ihrem Computer stehen! Vera und Andrea sahen sich verwundert an.

»Jocke!«, sagte Vera plötzlich. »Er muss es doch wissen! Schließlich hat er uns ja die Plätze besorgt.«

Andrea nickte. Dann fiel ihr etwas ein: Sie hatte geglaubt, dass Joakim ihr aus dem Weg ging, weil ihm alles so leidtat, was mit Åse passiert war, und weil er mit der Planung des Veranstaltungswochenendes beschäftigt war. Aber vielleicht gab es ja einen anderen Grund …

Sie fanden ihn in der Reithalle. Joakim saß zusammen mit seinem Vater und Patrick auf der Tribüne.

»Jocke! Wir können unsere Namen auf den Teilnehmerlisten nicht finden«, rief Vera. »In welchem Kurs sind wir denn?«

Joakims Vater warf Vera einen ärgerlichen Blick zu. Joakim wirkte unsicher. Er druckste herum.

»Ja … Äh … Ich wollte euch ja Bescheid sagen, aber …«

»Hallo!«

Entweder war es Vera egal, dass Joakims Vater ein saures Gesicht machte, oder sie bemerkte es nicht. Sie ging fröhlich auf die Tribüne zu Patrick und stellte sich vor.

»Tag, ich bin Vera. Ich habe ein Islandpferd, er heißt Moldi, und wir wollen einen Ihrer Kurse mitmachen.«

Patrick lächelte Vera freundlich an.

»Einen Isländer! Das ist ja toll!«

Andrea war Vera zögernd gefolgt. Sie wusste selbst nicht, ob sie Vera um ihre unbefangene Direktheit beneiden sollte oder nicht. Sie lächelte und nickte Patrick zu.

»Wir sind mitten in einer Besprechung«, begann Joakims Vater.

»Ja, Entschuldigung«, sagte Vera. »Aber das geht ganz schnell. Andrea und ich wollten nur wissen, bei welchen Übungen wir teilnehmen sollen. Wir finden unsere Namen nicht auf den Listen. Und die Frau im Klubzimmer sagt, dass sie uns nicht im Computer hat.«

Joakim machte mittlerweile ein richtig gequältes Gesicht. Er starrte auf die Fußbodenbretter.

»Sorry. Es gab keine Plätze mehr für euch.«

Er sah abwechselnd arrogant und kleinlaut aus – und puterrot vor Scham. Seine Ohren glühten.

»Wie bitte?«, sagte Vera. »Was meinst du mit ›keine Plätze‹? Du hast es doch versprochen. Das war abgemacht!«

Andrea legte Vera eine Hand auf die Schulter, um sie zu beruhigen. Vera zuckte zusammen und sah sie an.

»Hast du das gehört? Er hat uns gar nicht angemeldet!«

Veras Augen schossen Blitze. Inzwischen hatte sie auch begriffen, was Sache war. Dass Joakim ihnen etwas vorgelogen hatte und dass alle Plätze an Leute gegangen waren, die wichtiger waren und viel mehr bezahlen konnten. Und dabei hatte sie sich auf ihn verlassen! Nach allem, was passiert war, hatte sie geglaubt, sie wären Freunde.

»Nun ... Jetzt, wo das geklärt ist, können wir unsere Besprechung dann vielleicht fortsetzen«, sagte Joakims Vater.

Joakim bemerkte Andreas Blick und versuchte, lässig auszusehen. Andrea schüttelte bloß den Kopf.

Vera sagte nichts. Sie war auf einmal verschwunden. Andrea blickte sich um, konnte sie aber nirgends entdecken. Vielleicht war sie nach draußen gegangen.

Plötzlich schrie Joakim entsetzt auf. Etwas Kaltes lief an ihm herunter. Kalter Kakao. Aber als er sich umdrehte, war niemand da. Joakim fluchte und rannte von der Tribüne, um sich zu waschen.

»Was zum Teufel ist denn hier los!«, brüllte Joakims Vater.

Kaum hatten sie die Reithalle verlassen, wurde Vera neben Andrea wieder sichtbar.

»Schade um den Kakao«, sagte Vera und lachte.

Dann liefen sie zurück zum Stall.

LASS MICH LOS!!
AAAAAAA
RUHIG, RUHIG, RUHIG.
HÖR AUF!!
W-WAS ...?
ÅSE?
ADRIAN?
Gefangene in der Höhle

WAS FÜR EIN GLÜCK, DASS ICH DICH GEFUN- DEN HABE!!!
ÅSE? BIST DU ES WIRK- LICH?
DU BIST DOCH NOCH NICHT GESTOR- BEN!
ABER DU ...
JA, DAS SIEHST DU DOCH!
VERSTEHST DU DENN NICHT!? DU DARFST NICHT HIER SEIN! BIST DU WAHNSINNIG? DIE LEBENDEN DÜRFEN NICHT BEI DEN TOTEN SEIN, GENAUSO WENIG, WIE WIR BEI EUCH SEIN DÜRFEN!

Åse war verwirrt. Sie hatte gedacht, dass er glücklich wäre, sie zu sehen. Nicht wütend. Adrian schüttelte grimmig den Kopf.

»A-aber ... du hast doch nach mir gerufen. Du warst in meinen Träumen. Du warst verletzt. Du brauchtest meine Hilfe.«

»Ich bin nicht verletzt! Die Knochenritter halten mich gefangen, aber ich habe dich nicht gerufen!«

Åse schüttelte verzweifelt den Kopf. Sie verstand überhaupt nichts mehr.

»Aber ... ich habe eine Stimme gehört ... Das habe ich doch nicht geträumt! Wenn es nicht deine war, wessen Stimme war es dann?«

»Das war Röökh, die dich gerufen hat. Die Anführerin der Knochenritter. Wir sind in ihrer Höhle gefangen.«

Åse blickte sich um. Höhle, hatte Adrian gesagt. Das erklärte, warum ihr das hier so bekannt vorkam. Sie war viele Male mit der Klasse zu Erkundungszwecken in der Höhle gewesen, die zu Hause in der Nachbarschaft lag. Åse sah, dass sie und Adrian nicht allein waren. Mitten in der Höhle lag eine Gestalt auf dem Boden. Es war ein Grauer Reiter, eingewickelt in Tuchfetzen, aber trotzdem zitterte er vor Kälte. Adrian hockte sich neben ihn und strich ihm über die Stirn. Åse sah, dass der Reiter schwer verletzt war. Als sie Adrian fragend anblickte, schüttelte er nur traurig den Kopf.

»Es gibt nichts, was wir tun könnten, um ihm zu

helfen. Er ist so schwer verletzt, dass wir ihn verlieren werden.«

»Aber … was passiert mit ihm?«, flüsterte Åse. »Was passiert, wenn ein Toter … stirbt?«

»Er wird durch das Ödland irren«, sagte Adrian traurig. »Er wird zu einem Schatten … Er wird existieren und gleichzeitig nicht existieren.«

Adrian begann zu berichten, was passiert war, seit sie die Öffnung zwischen den Welten verschlossen hatten. Der Krieg in der Unterwelt war noch schlimmer geworden. Die schwarzen Knochenritter, diejenigen, die zurück auf die Erde wollten, hatten versucht, neue Öffnungen zwischen der Unterwelt und der Welt der Lebenden zu schaffen. Zum Glück war es Adrian und den Grauen Reitern jedes Mal gelungen, sie daran zu hindern, durch die Öffnungen zu entkommen. Aber jetzt ging das Gerücht um, dass Röökh, die Anführerin der Knochenritter, einen neuen Plan schmiedete, und Adrian war gefangen genommen worden, als er ausspionieren wollte, was das für ein Plan war.

»Sie hat mich ganz einfach reingelegt. Ich bin direkt in die Falle gegangen.«

Röökh wusste, dass sie – die Verbindungsglieder zwischen den Lebenden und den Toten, Åse und Adrian – ihren Plänen einen Riegel vorschieben würden.

»Aber wir sind doch nicht allein«, sagte Åse. »Die

anderen sind doch auch noch da, Vera und Joakim und Andrea …«

»Heißt sie so?« Adrian lächelte. »Die mit dem Shire-Horse?«

Åse sah ihren Bruder traurig an. Es war so unglaublich, dass ihr Leben ohne Adrian weitergegangen war. Dass sie in die Schule ging, dass sie neue Freunde gefunden hatte …

»Ja«, sagte Åse leise. »Wir gehen in dieselbe Klasse. Sie ist nett. Du würdest sie mögen.«

Der Gedanke an die Freunde gab Åse neue Energie.

»Aber wir können hier raus!«, fuhr Åse eifrig fort. »Wir können auf demselben Weg hinaus, auf dem ich hineingekommen bin!«

Sie lief zu der Wand, durch die sie einfach hindurchgegangen war. Jetzt bestand sie aus festem Stein und Fels.

»Aber Åse, begreifst du denn nicht? Röökh hat dafür gesorgt, dass du mich findest. Es war genau das, was sie wollte. Sie wird uns nie von hier entkommen lassen.«

Åse griff nach Adrians Hand und hielt ihre Handflächen gegeneinander. Sie hatte nicht die Absicht, aufzugeben! Zusammen besaßen sie doch die Kraft, das Fenster zwischen den Lebenden und den Toten zu öffnen und zu schließen. Auf dem Weg konnten sie hinaus!

Aber nichts geschah. Kein Energiefeld aus Rauch und Wellen baute sich zwischen ihren Händen auf. Adrian schüttelte den Kopf.

»Es geht nicht, Åse. Solange wir hier sind, haben wir keine Kraft.«

Resigniert ließ Åse seine Hand los.

»W-was passiert jetzt?«

»Jetzt wird sie das, was ihr im Weg steht … beseitigen.«

Im selben Augenblick verschwand die Felswand hinter ihnen plötzlich und eine Gruppe Knochenritter umringte sie beide. Ein Gestank von Tod und Fäulnis ging von ihnen aus, den Åse bei den Grauen Reitern nicht gerochen hatte. Sie verstand, dass es der Geruch von Bitterkeit und Hass war. Von ihren Körpern und Gesichtern war nicht viel zu sehen. Bevor Åse den Blick abwenden konnte, glaubte sie, ein Gewimmel von Würmern und Insekten hinter einer der Masken zu sehen, und ihr drehte sich der Magen um.

Plötzlich begriff sie, dass eine Kreatur in der Unterwelt genau so aussah wie die Gedanken, die diese Kreatur hatte. Die Verbitterten und Grausamen wurden zu entsetzlichen Monstern. Blass vor Angst sah sie Adrian an.

»Es ist Zeit«, sagte eine fauchende Stimme hinter einer der Masken.

Zeichen unter dem Schnee

Nach dem Gespräch mit seinem Vater und Patrick sattelte Joakim Hot Flame für einen Ausritt in den Wald. Er war stinksauer. Wieso kapierten Andrea und Vera nicht, dass er versucht hatte, sie auf die Teilnehmerlisten zu schmuggeln, sein Vater es aber gemerkt und einen Riesenaufstand gemacht hatte, weil es zu teuer war? Und warum musste sein Vater so unfreundlich zu ihnen sein? Im Wald würde er endlich ein bisschen Ruhe und Frieden vor den Hunderten von Gedanken und Meinungen finden, die ihn von allen Seiten bombardierten. Es war ihm nun schon eine Woche lang gelungen, sich die Gedanken anderer Leute vom Leib zu halten, aber gerade heute klappte das überhaupt nicht. Es war ganz egal, worauf er sich zu konzentrieren versuchte, die ganze Zeit wurde sein Gehirn mit blödsinnigen Gedanken von anderen über Autofahren und Einkaufszettel vollgestopft. Wieso mussten die Menschen so bescheuerte Sachen denken? Und wieso bekam er so viel Unwichtiges mit, wenn ihm das Wichtigste von allem entging – Åses Plan, in die Unterwelt zu gelangen? Er trieb Hotty an und versuchte, dem Gedanken davonzugaloppieren, dass er seine Freunde im Stich gelassen hatte. Das war doch nicht seine Schuld! Jedenfalls nicht nur.

Die Stille im Wald sorgte dafür, dass Joakims Laune schnell besser wurde. Er schaffte es, alle lästigen Gedanken über Kräfte und Schuld beiseitezuschieben. Stattdessen begann er, sich auf den Kurs mit Patrick zu freuen. Und er dachte an die kommende Turniersaison. Das nächste Jahr würde sein Jahr werden. Jetzt war er an der Reihe. Und Hotty. Die Fuchsstute schnaubte und schüttelte die rote Mähne, die lang und dick geworden war. Joakim überlegte, ob er einige der jüngeren Stallmädchen dazu überreden konnte, sie für ihn zu stutzen.

Vera und Andrea waren auch ausgeritten. Ihre Wut auf Joakim hatte sich mittlerweile in Enttäuschung verwandelt. Es war das Trainingswochenende gewesen, auf das sie hingelebt hatten; die Vorfreude hatte sie davon abgehalten, dauernd über Åse, die Toten und die Unterwelt nachzudenken. Nun erschien ihnen alles nur noch hoffnungslos und finster. Andrea erzählte Vera von der Begegnung mit Inga im Krankenhaus.

»Ich weiß, dass irgendwas passieren wird, ich weiß nur nicht, was«, murmelte Andrea.

»Es muss doch jemanden geben, den wir fragen können. Wieso helfen uns »Die Älteren« nicht?«, fragte Vera.

»Das können sie wohl nicht … Oder sie haben selbst keine Ahnung«, sagte Andrea.

Ohne dass es abgesprochen war, hatten sie den Weg eingeschlagen, der zur abgebrannten Hütte von Åses

Großmutter führte. Vielleicht gab es ja dort eine Antwort auf ihre Fragen? Aber die Lichtung lag still und verlassen da. Sie stiegen ab und ließen die Pferde frei laufen, während sie auf der Suche nach Hinweisen oder irgendetwas, das ihnen Hoffnung geben könnte, durch die Überreste des Häuschens streiften.

Avalanche und Moldi begannen, auf der Lichtung herumzutollen und sich zu necken – als wollten sie versuchen, Andrea und Vera aufzumuntern. Moldi spielte Fangen mit Avalanche, dass die Erde unter seinen Hufen nur so bebte, und Avalanche revanchierte sich dadurch, dass er den kleinen Isländer unter einer Schneelawine begrub. Vera und Andrea mussten lachen, während sie gleichzeitig versuchten, die beiden zu bändigen. Je weniger die Pferde sich an ihre Kräfte gewöhnten, desto besser. Genau wie Åse machten sie sich Sorgen darüber, was passieren würde, wenn die Pferde auf der Koppel zeigten, was sie konnten. Es würde wahnsinnig kompliziert sein, dafür eine Erklärung zu liefern, aber es sah tatsächlich so aus, als würden Moldi und Avalanche verstehen, dass sie ihre Kräfte nicht zeigen durften, wenn Leute in der Nähe waren.

Nachdem sie eine ganze Weile ratlos im Schnee zwischen den verkohlten Balken herumgelaufen waren und gesucht hatten, gaben Vera und Andrea auf. Sie wussten ja nicht einmal, wonach sie suchten. Vera seufzte und wischte den Schnee von einem Stein an einer Ecke der Grundmauer. Sie setzte sich und holte einen Apfel und eine Tafel Schokolade aus der Tasche.

»Möchtest du?«

Andrea nahm ein Stück Schokolade. Sie runzelte die Stirn.

»Was ist das denn?«

Vera folgte Andreas Blick zum Fuß des Steins, auf den sie sich gesetzt hatte. Da war ein Zeichen eingeritzt. Es sah aus wie eine Spirale.

»Was bedeutet das?«, wunderte sich Vera.

»Keine Ahnung.«

Stumm starrten sie auf das Gekritzel auf dem Stein.

»Warte mal …«

Vera blickte über die Ruine, dann sprang sie auf und lief zu einer anderen Ecke. Schnell wischte sie den Schnee von dem Eckstein.

»Schau mal!«, rief sie triumphierend.

Andrea ging rasch hin. Und tatsächlich. Auch in diesen Stein war ein Zeichen eingeritzt. Aber es war nicht dasselbe Zeichen wie in der ersten Ecke. Das hier sah aus wie vier Wellenlinien. Vera und Andrea begannen, den Schnee von allen Steinen der Grundmauer abzubürsten. Die an den Seiten hatten keine Markierungen, aber alle vier Ecksteine trugen jeweils ein Zeichen.

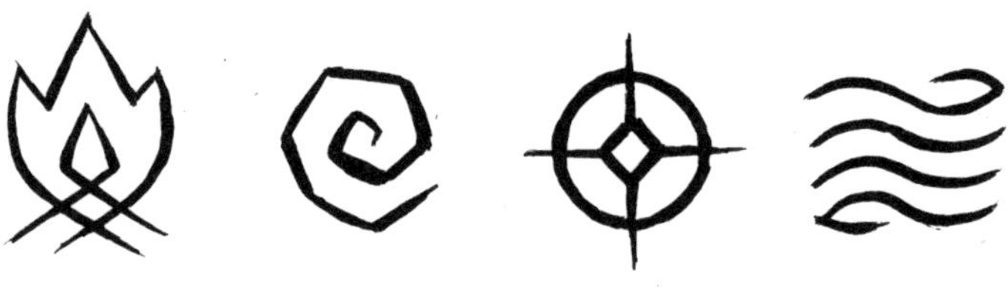

»Ha! Ich wusste doch, dass wir hier was finden würden!«, rief Vera.

»Aber wir wissen immer noch nicht, ob das was mit uns zu tun hat«, stöhnte Andrea. »Oder was die Zeichen bedeuten.«

Vera musste ihr recht geben. Die Antwort, nach der sie suchten, musste irgendwo anders zu finden sein. Andrea und Vera froren jetzt beide. Sie fingen die Pferde ein, um nach Hause zu reiten. Keiner von ihnen bemerkte den Reiter am Waldrand, der sie lange Zeit beobachtete, bevor er umdrehte und wieder im Wald verschwand.

Auf dem Heimweg stieß Joakim auf Patrick, der unterwegs gewesen war und eines der Pferde bewegt hatte, die er gerade trainierte. Joakim war beeindruckt. Das Pferd bewegte sich versammelt und ausbalanciert. Der Schimmel war ein alter Bekannter, Joakim hatte ihn bei Turnieren in der Gegend gesehen. Das Pferd war dafür bekannt, dass es gut springen konnte, aber störrisch und unkonzentriert war. Es bewegte sich normalerweise hölzern und eckig, riss die Stangen oft aus Nachlässigkeit und es kam vor, dass es vor einem Hindernis verweigerte. Aber was Joakim jetzt sah, war ein völlig anderes Pferd, aufmerksam und in vollem Kontakt mit seinem Reiter. Joakim fragte sich, was Patrick an sich hatte, dass die Pferde ihm so total gehorchten. Patrick lächelte und ließ das Pferd am langen Zügel Schritt gehen. Das Pferd streckte sich und er klopfte ihm ordentlich den Hals.

»Aus dem hier kann noch richtig was werden«, sagte er und lachte.

»Ich begreife das nicht«, sagte Joakim. »Wie machst du das? Wie bringst du ihn dazu, auf dich zu hören? Dich zu verstehen?«

Patrick sah Joakim geheimnisvoll an.

»Es gibt einen einfachen Trick …«

Patrick verstummte und betrachtete nachdenklich die Ohren des Schimmels, die vor und zurück spielten. Joakim starrte erwartungsvoll zu Patrick hinüber. Unglaublich! Hatte er wirklich vor, sein kostbares Wissen zu teilen? Wow! Patrick blickte Joakim forschend an.

»Genau wie bei allem im Leben geht es darum, zuerst einmal selbst aufmerksam zu ein. Erst musst du andere verstehen, bevor du andere dazu bringst, dich zu verstehen. Wenn man das gelernt hat, kann man viel erreichen.«

Joakim war enttäuscht. Das war ja klar, dass irgend so ein nebliges Wischiwaschi kommen würde. Wieso aufmerksam? Auf was denn? Er verstand überhaupt nichts. Joakim zwang sich zu einem Lächeln und nickte zustimmend. Patricks durchdringender Blick war ihm unangenehm.

Sie ritten Richtung Stall. Lange Zeit sagte keiner von ihnen etwas. Aus irgendeinem Grund musste Joakim plötzlich an Vera und Andrea denken. Und er sah Moldis donnernde Hufe vor sich und wie Avalanche kleine Schneelawinen aus der Mähne schüttelte. Wieso musste er auf einmal an sie denken? Plötzlich drehte Patrick sich im Sattel zu Joakim um und hielt an.

»Übrigens, ich habe über deine Freundinnen nachgedacht, die beiden, die keinen Platz bekommen haben … Ich denke, wir können sie in der Einführungsgruppe am Samstagvormittag unterbringen. Und das mit dem Geld regelt sich schon …«

Dann blickte Patrick wieder nach vorn und ritt weiter im Schritt geradeaus. Joakim folgte ihm verwundert. Er hatte schon mitgekriegt, dass Patrick ein netter Kerl war, aber dass er auch noch anbot, Andrea und Vera gratis am Unterricht teilnehmen zu lassen, das war mehr, als man von einem so erfolgreichen Trainer erwarten konnte. Merkwürdig. Plötzlich hörte er wieder Stimmen im Kopf. Irgendwas Unglaubliches über Pferde und Geheimnisse. Joakim verstand überhaupt nichts mehr. Er griff nach seinem Handy.

Andrea und Vera saßen auf dem Hof vor dem Reitstall, als Veras Handy anfing zu piepsen. Mit offenem Mund las Vera die Mitteilung auf dem Display, dann begann sie zu jubeln, sprang auf und hüpfte herum. Andrea sah sie verblüfft an und Avalanche wich erschrocken ein paar Schritte zurück.

»Was ist? Was ist passiert?«

Vera tanzte auf Andrea zu und brachte es kaum fertig, lange genug still zu stehen, damit Andrea die SMS lesen konnte.

»Hat der Kakao also doch was genützt!«, sagte Vera. Andrea lachte.

Rätsel

Ihre Mutter wartete schon auf sie, als Andrea nach Hause kam. Sie war blass und sah angespannt aus.

»Das Krankenhaus hat angerufen …«

Andrea bekam plötzlich keine Luft mehr. Åse! Was war passiert? Ihre Mutter sah ihr entsetztes Gesicht und legte ihr schnell eine Hand auf die Schulter.

»Mit Åse ist alles okay. Es ist ihre Großmutter …«

Inga war den ganzen Tag über unruhig gewesen und immer verwirrter geworden. Sie hatte ununterbrochen nach Åse gefragt, obwohl das Personal und Åses Mutter versucht hatten, ihr zu erklären, dass Åse nicht kommen konnte. Aber einmal zwischendurch war Inga ganz klar gewesen. Da hatte sie nach Andrea gefragt und gesagt, sie müsse mit ihr reden. Es sei wichtig. Sie hatte stur darauf bestanden und schließlich hatte Ylva bei Andrea zu Hause angerufen.

»Ich fahre dich hin, wenn du willst«, sagte Andreas Mutter.

Andrea nickte.

Åses Mutter lächelte matt, als Andrea in Ingas Zimmer kam. Arme Ylva, ihre Tochter und ihre Mutter lagen beide im Krankenhaus. Andrea setzte sich an die andere Seite von Ingas Bett und nahm die Hände der alten

Frau. Inga schlug die Augen auf. Zuerst irrte ihr Blick umher und sie schien nicht zu wissen, wo sie war. Dann entdeckte sie Andrea und ihr Gesicht hellte sich auf. Inga versuchte, etwas zu sagen, aber es kam kein Wort heraus. Ihre Lippen bewegten sich und sie sah Andrea eindringlich an. Aber es war nichts zu hören außer einem schwachen Stöhnen. Andrea blickte unglücklich von Inga zu Ylva.

»Wir glauben, dass es ein Schlaganfall ist. Sie hat kein Wort sagen können, seit ich deine Mutter angerufen habe.«

Inga drückte Andreas Hand. Sie schüttelte verzweifelt den Kopf. Es war etwas Wichtiges, was sie ihr sagen wollte, so viel begriff Andrea. Wieder und wieder versuchte Inga, die Worte zu formen, aber ihr Keuchen war nicht zu verstehen. Schließlich legte die alte Frau sich zurück ins Kissen und Andrea sah, wie ihr eine Träne langsam die Wange hinablief. Andrea hielt immer noch Ingas Hand, als sie die Augen schloss und einschlief. Sie wusste, dass ihre heilenden Kräfte Inga nicht helfen konnten.

»Geh ruhig wieder nach Hause«, sagte Ylva. »Ich rufe dich an, wenn eine Veränderung eintritt.«

Andrea nickte. Dann begann sie, an ihrer Jacke zu zerren.

»Ich gebe Ihnen meine Handynummer.«

Sie kritzelte ihre Nummer auf einen Zettel, als sich plötzlich eine Hand auf ihre legte. Inga sah sie wieder mit ihrem eisblauen Blick an. Sie war hellwach. Mit steifen Fingern nahm sie Andrea den Stift aus der Hand und setzte ihn aufs Papier. Ihre Hände zitterten, als sie versuchte, das aufzumalen, was sie ihr hatte sagen wollen. Der Stift bewegte sich eine ganze Weile ruckartig übers Papier, bevor Inga ins Kissen zurücksank, erschöpft von der Anstrengung. Andrea versuchte, den Zettel zu entziffern. Sie konnte keinen einzigen Buchstaben entdecken.

Bevor Andrea das Krankenhaus verließ, schaute sie noch bei Åse rein. Sie setzte sich neben das Bett und betrachtete den Zettel mit Ingas Gekrakel. Und plötzlich sah sie, was es war … die Zeichen! Sie erkannte sie wieder. Sie waren zittrig und undeutlich, aber sie waren es. Dieselben Zeichen, die sie bei Ingas Haus gesehen hatten. Oder? Andrea betrachtete nachdenklich Åses Gesicht. Sie sah so friedvoll aus.

Vorsichtig drückte sie eine von Åses Händen, bevor sie aus dem Krankenhaus lief. Sie war sich beinahe sicher.

Ein dumpfes Knacken unterbrach ihre Tagträume und Andrea blickte erschrocken nach oben. Ein riesiger Eiszapfen hatte sich vom Dach gelöst und war unmittelbar neben ihr zu Boden gekracht. Andrea zuckte zusammen und starrte den spitzen Eisbrocken an. Hätte sie nur einen Schritt nebendran gestanden, dann … Sie konnte den Gedanken gar nicht zu Ende denken.

»Hüte dich vor dem Eis«, hatte Inga gesagt. Andrea lief schneller. Sie holte ihr Handy heraus und tippte Veras Nummer ein.

Die Eislichtung und die Kristallhöhle

Es war dunkel, aber Andrea und Vera fühlten sich sicher, als sie den alten Holzpfad entlangritten. Sie waren auf dem Weg zurück zur Hütte. Andrea spürte, dass sie einfach wissen musste, ob die Zeichen dieselben waren. Und wenn ja, was bedeutete das dann? Versuchte Inga zu sagen, dass die Antwort bei der Hütte zu finden war? Der Zettel war der einzige Anhaltspunkt, den sie hatten, und da Inga mit letzter Kraft darum gekämpft hatte, ihr die Zeichen aufzumalen, mussten sie wohl wichtig sein. Die Pferde freuten sich über den zusätzlichen Ausritt so spät am Abend. Ihr Atem wurde in der Kälte zu kleinen Wölkchen. Zu beiden Seiten des Weges wachten die Tannen und Kiefern, der Wald wirkte still und unheimlich.

»Sieh mal«, sagte Andrea und zeigte zum Himmel hinauf.

»Davon soll es morgen noch mehr geben«, erwiderte Vera.

Andrea betrachtete das Nordlicht. Sie hatte sich immer noch nicht an das fantastische, farbensprühende Phänomen gewöhnt. Avalanche ging im Schritt hinter Moldi und Andrea ließ die Zügel lang und beugte den Kopf nach hinten, um das prächtige Schauspiel richtig genießen zu können. Jetzt wurde der ganze Himmel grün und dann ging es mehr ins Blau ... Die Farben wechselten schneller und wurden intensiver. Andrea meinte plötzlich, das Nordlicht am Himmel hören zu können. Schwache, zarte Klänge, wie von Glöckchen vielleicht, die ein fast unerträglich schönes, aber trauriges Lied sangen.

»Was bimmelt da?«, fragte Vera und hielt Moldi an. »Hörst du das?«

Andrea riss den Blick vom Himmel los und horchte. Ja, es war irgendein Klang zu hören. Andrea musste an das Windspiel denken, das bei ihnen zu Hause auf der Terrasse hing – waren denn hier in der Gegend Häuser?

»Das kommt aus dem Wald!«, sagte Vera. »Möchte mal wissen ...«

Weiter kam sie nicht, denn plötzlich raste Moldi im Galopp direkt in den Wald. Avalanche zögerte nicht, er galoppierte hinter Moldi her.

»Stopp! Moldi! Was machst du denn?«

Vera versuchte, ihr Pferd zum Stehen zu bringen, aber der kleine Isländer stürmte wie ein Schneepflug vorwärts, den Blick auf etwas tief zwischen den Bäumen gerichtet. Der Schnee schien sich vor ihm zu teilen. Vera ließ die Zügel locker und klopfte ihm den Hals. Wohin auch immer er unterwegs war, es schien einen Sinn zu haben.

Aber wo wollten die Pferde hin? Andrea lauschte. Die Töne waren immer noch zu hören, schwach, ganz schwach. Wenn ihr Ziel etwas so Schönes war, konnte es doch sicher nicht gefährlich sein?

Auf einmal öffnete sich der Wald vor ihnen. Moldi und Avalanche blieben abrupt stehen. Andrea blickte auf die Lichtung und ihr blieb die Luft weg.

Das war keine normale Lichtung, auf der sie standen. Das war ein Schloss!

Um sie herum waren die Bäume aus weißem Eis. Wie durchsichtige Pfeiler streckten sich die Fichtenstämme hinauf in den dunklen Himmel, über den immer noch das Nordlicht zuckte. Es tanzte jetzt schneller, in klareren Farben und wilderen Mustern.

Direkt vor ihnen ragte eine Klippe auf, an der ein gefrorener Wasserfall hing. Alles war eisweiß, schimmerte aber in unterschiedlichen Nuancen von Blau.

Der gefrorene Wasserfall sah beinahe lebendig aus. Er stürzte sich von der Klippe hinab und die erstarrten Strahlen ergossen sich in eine dunkle Quelle. Andrea sah, dass auch die Quelle gefroren war, aber dort war das Eis rabenschwarz.

Zu beiden Seiten der Quelle standen Menschen. Andrea erkannte sie an ihrer Kleidung wieder.

»Die Älteren«. Endlich hatten sie sie gefunden.

Die beiden Gruppen waren einander zugewandt und keiner warf auch nur einen Blick auf die Pferde am Rand der Lichtung.

AUF EINMAL SCHIENEN DIE ZARTEN TÖNE STÄRKER ZU WERDEN.
EINE SELTSAME MELODIE WIE VON HUNDERT WINDSPIELEN WEHTE ÜBER DIE LICHTUNG. DUMPFE KLÄNGE UND HOHE, SPRÖDE TÖNE GINGEN INEINANDER ÜBER.

ANDREA SAH, DASS AVALANCHES SCHNEEWEISSE MÄHNE PLÖTZLICH VOLLER EISZAPFEN WAR. WENN ER DEN KOPF BEWEGTE, SCHLUGEN SIE ANEINANDER UND IHR KLANG VEREINTE SICH MIT DEN ANDEREN TÖNEN.
Whooo
TING
TING
DAS WAR DAS LIED DER EISKRISTALLE VON DUNKELHEIT UND WINTER, VON KÄLTE UND STILLE.

Die Knochenritter führten Adrian und Åse durch graue und kalte Höhlengänge im Berg. Die Gänge waren schmal und eng, sie wanden sich hierhin und dorthin. Sie kreuzten einander oft und Åse war es, als würden sie sich im Kreis bewegen. Sie hatte jedes Gefühl verloren, in welche Richtung sie gingen und woher sie gekommen waren. Mehrere Male dachte sie, sie könnte nicht mehr atmen. Sie musste sich auf die Lippen beißen, um in den engen Passagen keine Panik zu bekommen. Gleichzeitig machte der helle Fels sie ganz schwindlig. Es war so seltsam, in gleißendem Licht gefangen zu sein statt in Dunkelheit. Sie schielte zu Adrian hinüber, der neben ihr ging. Er sah ernst aus und Åse seufzte. Wie hatte sie nur so dumm und so leicht zu täuschen sein können?! Getäuscht von Röökh …

Als hätte er ihre Gedanken gelesen, sah Adrian plötzlich auf und begegnete ihrem Blick. Er lächelte ihr zu.

»Ganz ruhig, Åse. Das wird schon. Wir kommen sicher irgend wohin«, murmelte er.

Åse versuchte zurückzulächeln, aber es wurde eher eine Grimasse daraus. Wie sollten sie hier je wieder herauskommen? Sie waren kraftlos und in einem Labyrinth tief unter der Erde eingesperrt. Und um sie herum waren Furcht einflößende Gestalten, die nicht zögern würden, sie umzubringen. Die Frage war, warum sie es nicht längst getan hatten? Es musste einen Grund geben. Sie blickte wieder zu Adrian. Es war trotz allem eine Kraft zwischen ihnen, die sogar jetzt dafür sorgte, dass sie sich ruhiger fühlte.

Plötzlich wichen die Felswände zurück und sie gelangten in einen Saal. Das Licht hier drinnen war noch heller und in Åses Kopf dröhnte es. Sie versuchte, sich mit Händen und Füßen dagegen zu wehren, aber die scharfen Lichtstrahlen schienen direkt durch sie hindurchzugehen. Sie gingen weiter und jetzt sah Åse die Konturen von etwas Dunklem.

Schwarze Kristallsäulen umringten den Saal und auf der anderen Seite der Grotte war etwas, was wie eine riesige, verkohlte Kralle aussah, die aus der Felswand ragte. Åse blinzelte und meinte plötzlich zu erkennen, dass es ein schwarzer Wasserfall war. Der schwarze Stein quoll aus dem Berg und stürzte in einen Abgrund, der so gleißend weiß war, dass man nicht hinsehen konnte.

Sie befanden sich im Saal eines Schlosses aus schwarzem Kristall und unbarmherzigem Licht.

Vor ihnen stand ein Schatten, ein großer, verzerrter Schatten, der sich langsam zu ihnen umdrehte. Das war die Frau, die über die Knochenritter herrschte. Das war Röökh.

Hss
Ssso,
da sei
ihr ja

Die Stimme und das Gelächter klangen eher wie ein Röcheln. Röökh atmete langsam und Åse schauderte, als sie hörte, wie Schleim durch eine geborstene Kehle auf und ab gesogen wurde.

»Ihr dachtet, ihr könntet mich aufhalten, aber nun … Nun ist alles so, wie es sein soll …«

Adrian machte einen Schritt nach vorn.

»Aber verstehst du denn nicht! Die Welten werden untergehen, wenn das Gleichgewicht zerstört wird. Ihr dürft nicht …«

»Schweig!«, donnerte die Stimme plötzlich durch den Saal und Adrian ging einen Schritt zurück.

»Du bist es, der nicht versteht! Wir sind noch nicht fertig mit unserem Leben, auch du nicht – deshalb sind wir hier! Und deshalb müssen wir zurück.«

Röökh verstummte. Für einen Augenblick schien sie in Erinnerungen an die Welt, die sie vermisste, versunken zu sein.

»Denkt doch mal nach! Das mit dem Gleichgewicht ist nur ein Märchen. Ein Mythos, den man erfunden hat, um uns hier festzuhalten …«

Röökh seufzte und gestikulierte in Richtung der Knochenritter. Sofort schubsten sie Adrian und Åse zu einer Öffnung im Saal. Zuerst dachte Åse, dass sie in das Labyrinth der Gänge zurückführte. Sie begann, auf die Öffnung zuzugehen. Aber plötzlich schrie Adrian.

»Åse! Pass auf!«

In letzter Sekunde sah Åse, dass der Boden vor ihr

verschwand. Stattdessen öffnete sich dort ein tiefes Loch im Berg, ein mehrere Meter breiter Schacht. Sie blieb abrupt stehen und starrte hinab in das tiefe Licht. In ihrem Kopf drehte sich alles. Das Weiße wurde zu einer wirbelnden Strömung hinab in den Abgrund. Åse schwankte, als der Wirbel sie anzusaugen schien und sie mit sich hinunterziehen wollte.

Adrian packte ihre Schultern mit festem Griff und zog sie vom Rand weg. Åse fand ihr Gleichgewicht wieder, aber die Knochenritter waren direkt hinter ihnen und sie kamen näher.

»Es hätte nicht so enden müssen, wenn ihr nur zugehört hättet«, sagte Röökh. »Aber ich kann es nicht länger zulassen, dass ihr uns im Weg steht … Und jetzt habe ich meinen eigenen Weg hinüber auf die andere Seite.«

»Meine Freunde werden dich auf jeden Fall aufhalten!«, schrie Åse wütend.

Röökh sah sie an.

»Meinst du die Stallmädchen? Und den Stalljungen? Die werden schon bald andere Sorgen haben …« Sie zeigte auf einen großen schwarzen Kristall in ihrer klauenartigen Hand.

Der Weg hinaus

Auf der Eislichtung mischten sich nun die Töne mit Trommeln und Gesang. Die Älteren begannen, sich über die schwarze, zugefrorene Quelle zu bewegen. Es war das Schönste, was Andrea jemals gesehen und gehört hatte. Die Eislichtung, das Nordlicht, die Klänge … das alles war einfach atemberaubend.

Als der Gesang und die Trommeln verstummten, wusste Andrea nicht, ob es zwei Minuten oder zwei Stunden gedauert hatte. Sie blinzelte ein paarmal und klopfte Avalanche liebevoll den Hals. Die Eiszapfen in seiner Mähne waren verschwunden.

»Wir müssen sie fragen!«, zischte Vera. »Nach den Zeichen!«

Andrea nickte. »Die Älteren« standen mit gesenkten Köpfen da. Was auch immer passiert war, es war vorbei.

Plötzlich löste sich eine der Gestalten, die am Rand der Quelle standen, und begann, auf sie zuzugehen. Andrea schluckte. Es erschien ihr auf einmal so albern, mit einem kleinen Zettel anzukommen und dumme Fragen zu stellen.

Es war ein Mann, der auf sie zukam. Er war nicht besonders alt, bemerkte Andrea, vielleicht knapp fünfzig, so wie ihr Vater. Er blieb vor ihnen stehen und betrachtete sie mit eisblauen Augen.

»Willkommen«, sagte er leise. »Ich hoffe, unsere kleine Zeremonie hat euch gefallen. Es war ein Gruß an die Winterruhe, die gute Dunkelheit.«

»Ja«, antwortete Vera. »Das war Moldi … also mein Pferd, er ist einfach hierhergelaufen, ich konnte ihn nicht …«

»Wer hierherkommt, der soll hier sein«, sagte der Mann. »Das ist der Sinn der Sache.«

Andrea holte tief Luft. Jetzt oder nie!

»Wir haben da etwas, was wir unbedingt fragen müssen«, sagte sie schnell. »Etwas, das Inga …«

Sie beendete den Satz nicht, sondern kramte stattdessen den Zettel aus der inneren Jackentasche. Der Mann warf einen Blick darauf.

»Das sind die vier Elemente«, sagte er. »Die vier Säulen des Lebens. Die Eckpfeiler der Welt. Das hier ist das Feuer. Dies die Erde. Das dort das Wasser. Und das vierte ist die Luft.«

»Aber was genau soll das bedeuten?«, fragte Andrea verwirrt. »Ich verstehe nicht …«

Der Mann hob den Blick vom Papier und sah sie an. Obwohl seine Augen blau waren, musste Andrea an einen Wolf denken.

»Die vier Elemente müssen sich im Gleichgewicht befinden«, sagte der Mann. »Und vereint sein. Wenn sie sich trennen, treiben sie in verschiedene Richtungen … Dann geht alles schief.«

»Aber …«

Der Mann lächelte und drehte sich um. Andrea sah auf die Lichtung hinaus. Von den »Älteren« war keine Spur mehr zu sehen. Alle waren verschwunden und die zarten Klänge waren verstummt.

»Aber wir verstehen nicht!«, rief Andrea dem Mann nach, der inzwischen auf der anderen Seite der Lichtung angekommen war. »Was sollen wir damit tun?«

Doch der Mann war schon weg. Andrea und Vera sahen nur noch Bäume und Eis. Sie saßen eine Weile schweigend da, dann drehte Vera sich um und sah Andrea an.

»Moldi findet den Weg zurück«, sagte sie entschlossen. »Komm!«

Auf der anderen Seite des Wasserfalls wartete eine Frau auf den Mann mit den eisblauen Augen.

»Warum hast du es ihnen nicht erzählt?«

Der Mann blickte den beiden Pferden nach, die auf der gegenüberliegenden Seite von der Lichtung verschwanden. Er seufzte.

»Sie müssen die Wahrheit selbst herausfinden. Das ist etwas, was sie durchmachen und lernen müssen.«

Im schwarzen Saal des Schlosses hielt Röökh den großen schwarzen Kristall in die Höhe. Er schien das grelle Licht zu verschlucken. Dann warf sie den Kristall direkt in den schwarzen Wasserfall. Er explodierte. Nachtschwarze Kristallsplitter schossen in den Raum. Gleichzeitig begann der schwarze Wasserfall, die Felswand hinabzurinnen, hinunter in den Abgrund.

»Kristall und Eis sind Zwillingsseelen und das, was hier passiert – das kann auch in der Welt der Lebenden passieren.«

Adrian lachte auf.

»Das ist also dein neuer Plan? Die Welt mit Kristallen und Eis zu erobern?«

Röökh sah ihn wütend an. Dann verzerrte sich das wenige, was man von ihrem narbigen Gesicht sah, zu einem grotesken Lachen. Åse konnte ein paar schiefe, schwarze Zähne erkennen.

»Du weißt nichts über meine Pläne. Ich bin fast am Ziel. Die Welt wird nie mehr dieselbe sein.«

Zwei Knochenritter machten einen drohenden Schritt auf Åse und Adrian zu. Sie hatten die Wahl, entweder freiwillig hinunter ins Licht zu springen oder zu warten, bis die plumpen Monster sie hinabstießen.

Adrian und Åse sahen sich an. Sie hatten jetzt nur noch eine einzige Chance. Adrian nickte. Beide drehten dem Abgrund den Rücken zu, schrien aus vollem Hals und warfen sich den Monstern entgegen, die für einen Moment erstaunt zurückwichen. Nach einigen Metern kehrten Adrian und Åse um. Sie wechselten einen letzten Blick, bevor sie Anlauf nahmen und auf das Loch zurannten. Åse lief, so schnell sie konnte, und als sie den Abgrund erreicht hatte, sprang sie. Sie stieß sich ab und streckte sich in die Höhe, die Beine strampelten unter ihr, um sie in der Luft zu halten. Und dann fiel sie … Ihre Arme und Hände suchten in der Luft nach dem Rand auf der gegenüberliegenden Seite des Loches, nach etwas Festem, um es zu packen, bevor der Abgrund sich unter ihr öffnete. Und plötzlich schrammten ihre Knie und Brust an der leuchtenden Felswand entlang und ihre Hände klammerten sich an einem Vorsprung fest. Hinter ihr schrien und heulten die Knochenritter vor Wut. Das Herz klopfte wie wild in ihrer Brust und sie krallte sich mit aller Kraft an der Kante fest. Åses Knöchel wurden weiß. Das Licht unter ihr schien nach ihr zu greifen und sie sah hinab in die leuchtende Spirale. Sie war wie hypnotisiert.

»Åse! Gib mir die Hand! Nicht nach unten sehen!«

Adrians Stimme holte sie zurück in den Höhlengang. Sie sah die wütenden, monströsen Knochenritter auf der anderen Seite des Abgrunds, während es Adrian langsam gelang, sie über den Rand hochzuziehen.

Einer der Knochenritter nahm Anlauf, stürmte heran und sprang ihnen über das Loch hinterher. Aber die Kraft in dem grotesken Körper reichte nicht aus. Åse sah erschrocken, wie die krummen Arme nach dem Rand griffen. Aber die Hände zuckten nur in dem weißen Licht, bevor die Gestalt laut heulend in dem gähnenden Abgrund unter ihr verschwand.

Adrian und Åse sahen nicht mehr zurück. Sie

stürmten durch die Höhlengänge vorwärts, geradewegs hinein in das leuchtende Labyrinth. Adrian trieb Åse zur Eile an.

»Wir müssen hier weg! Röökh wird jetzt bestimmt versuchen, eine Öffnung zwischen den Welten zu schaffen – solange wir noch kraftlos hier drinnen im Berg sind. Wir müssen sie irgendwie daran hindern.«

Hinter ihnen gestikulierte Röökh beruhigend auf ihre Gefolgsleute ein.

»Kein Grund zur Aufregung! Sie sind genau da, wo ich sie haben will.«

Sie drehte sich wieder zu dem schwarzen Wasserfall um.

»Zeit für die Kristalle, lebendig zu werden …«

Lasst sie fliehen. Sie kommen doch nicht weit.

Sie sind genau da, wo ich sie haben will.
Ratlos und verzweifelt.
Sie kennen nur den einen Weg hinaus.
Ich kann ihnen den Weg versperren,
sie in die Irre führen …

Sie können uns nicht mehr aufhalten ….

Panische Flucht

Moldi war ungeduldig und Vera hatte Schmetterlinge im Bauch. Es war so unglaublich aufregend. Während sie Moldi zur Reithalle führte, hielt sie die ganze Zeit nach Andrea Ausschau. Sie hatte sie heute Morgen nicht im Stall gesehen. Das war wirklich merkwürdig. Vera konnte nicht begreifen, wie Andrea sich so etwas entgehen lassen konnte! Sie musste krank geworden sein.

In der Reithalle, ein Stück von ihr entfernt, schwang Joakim sich gerade auf Hot Flame. Plötzlich fühlte Vera, dass jemand sie anstarrte. Sie drehte sich um und entdeckte Patrick, der Moldi nachdenklich musterte. Als er ihren Blick bemerkte, lächelte er strahlend und nickte ihr zu. Sofort wurde Vera noch nervöser, aber sie beeilte sich, aufzusitzen und den Sattelgurt stramm zu ziehen.

Die Gruppe begann, mit langen Zügeln auf dem Zirkel zu reiten. Die Pferde bewegten sich mit lebhaften, schnellen Schritten. Die neun Reiter waren gespannt und erwartungsvoll. Stumm und konzentriert versammelten sie ihre Pferde und wurden angewiesen, im kurzen Trab in die Volten zu reiten. Auf den Tribünen der Reithalle war es rappelvoll. Jede pferdebegeisterte Menschenseele nördlich von Gävle schien sich hier eingefunden zu haben.

Joakim ritt in der oberen Volte. Er schielte auf den Rest der Gruppe. Es war spannend, die gesamte Reiterelite Nordschwedens in der Halle versammelt zu haben. Noch nie hatte er so viele gute Pferde und Reiter auf einmal gesehen. Und er war einer von ihnen! Er war tatsächlich ein bisschen stolz. Dann entdeckte er Vera und Moldi und auf einmal war ihm unbehaglich zumute. Vera schien seinen Blick zu spüren und schaute hoch. Ihre Augen trafen sich und Joakim musste sich konzentrieren, um ihre Gedanken über ihn von sich fernzuhalten. Er hatte immer noch ein schlechtes Gewissen, weil er die Sache mit dem Übungskurs verbockt hatte. Darüber hinaus hatte er Angst, dass Vera sich blamierte. Was, wenn sie den anderen im Weg war und sie störte? Ehrlich gesagt passte sie ja überhaupt nicht in diese Gruppe. Für Joakim war es völlig unbegreiflich, dass Patrick sie mitmachen ließ. Sowohl Vera als auch Andrea waren ihm seit der Szene neulich in der Reithalle aus dem Weg gegangen. Nicht, dass es ihm etwas ausmachte. Er hatte an so viel anderes zu denken, dass es richtig schön war, die Nervensägen mal nicht dauernd um sich zu haben. Und außerdem brauchte er dann nicht so oft an Åse zu denken …

Andrea schlich sich in den Stall, der vollkommen verlassen war. Alle waren drüben in der Reithalle. Sogar Jakob hatte seinen Stolz hinuntergeschluckt und war hingegangen, um Patrick zuzusehen. Blitzschnell machte sie Avalanche fertig und führte ihn hinaus auf den Hof.

Die ganze Nacht hatte sie über die vier Elemente nachgedacht und wo sie sie finden konnte. Nun hatte sie sich entschieden, wo sie anfangen würde zu suchen. Sie warf einen Blick zur Reithalle hinüber. Sollte sie mit Vera und Joakim reden? Nein. Sie wusste, wie viel es den beiden bedeutete, bei Patrick reiten zu dürfen. Das hier schaffte sie auch allein. Für sie war der Übungskurs nicht so wichtig. Sie saß auf. Niemand sah sie, als sie auf den Wald und den Fluss zuritt.

Patrick wies die Gruppe an, in normalem Trab nach vorn zu kommen und die Volten im leichten Sitz zu reiten. Er begann, ihnen detailliertere Erklärungen und Instruktionen zu geben. Joakim schaute heimlich zu Vera und Moldi. Sie schienen gut mitzukommen.

Aber was war das?

Ein dumpfes Grollen erschütterte die Reithalle und das Trommeln heranstürmender Hufe näherte sich hinter seinem Rücken. Im selben Moment, als Hot Flame erschrocken einen Satz nach vorn machte, begriff Joakim, dass das hinter ihm trabende Pferd auf Hotty aufgelaufen war. Joakim nahm seine Stute rasch wieder auf.

»Ruhig, mein Mädchen«, murmelte er. »Das war nur Schnee, der vom Dach gerutscht ist.«

Er hoffte, dass außer ihm niemand gesehen hatte,

wie Funken aus Hot Flames Schweif sprühten, als sie nach dem Pferd hinter ihr auskeilte. Der Mann, der das Halbblut ritt, das Hotty gerammt hatte, lächelte Joakim entschuldigend an und versuchte, sein scheuendes Pferd mit einer engeren Volte zu beruhigen. Mehrere der Pferde waren nervös und es dauerte einen Moment, bevor der Unterricht weitergehen konnte. Patrick ermahnte sie, eine Weile mit langem Zügel Schritt zu reiten, damit die Pferde sich beruhigten. Wenig später merkte Joakim, dass Hotty sich darauf zu konzentrieren begann, die Arbeit erneut aufzunehmen, und er trabte mit ihr eine kleine Volte im Innenkreis. Bald war er wieder völlig in den Unterricht versunken.

Dann ging alles ganz schnell. Das Grollen war wieder über ihnen und diesmal war es beinahe ohrenbetäubend. Das Blechdach knackte, als es nachgab, und große Eisbrocken fielen in die Sägespäne und auf die Tribüne. Das Grollen hielt an, während Menschen und Pferde in Panik und Entsetzen aufschrien. Joakim starrte wie gelähmt auf die Sägespäne. Die Arena war ein einziges Schreckensszenario – eine Todesfalle! Hotty war drauf und dran, unter ihm zu explodieren, Joakim traute seinen Augen nicht …

BADOO-M!!!
WA IS DA
SKR!!!
AAH!
AUF EINMAL WAREN ALLE IN PANIK.
HHH!!!
AA!
DIE EISBROCKEN KRACHTEN IMMER NOCH HERUNTER.
AAA
ÜBERALL LAUERTE GEFAHR.
KLOP
KLOP

ALLE WOLLTEN RAUS!
!!
TMP
ES WAR VOLLKOMMEN UNWIRKLICH ...

Hot Flame stürmte in Panik los, um als Erste nach draußen zu kommen, und die Pferde verkeilten sich im Tor, während sie sich vorwärts drängelten. Moldi und Vera waren in der Mitte der Gruppe und wurden hin und her geschubst. Joakim schrie laut, als er gegen die Wand gedrückt wurde, während Hot Flame versuchte, sich freizukämpfen. Joakim schrammte brutal an der Wand entlang und Vera sah gerade noch, dass er im Gesicht blutete. Dann gab der Türpfosten mit einem Knall nach und der Ausgang wurde etwas breiter. Mit einem Mal gelang es den Pferden, nach draußen zu kommen.

Mit Hotty an der Spitze ging die Herde durch. Zügel und Steigbügel flatterten unkontrolliert herum. Die Reiter, die noch auf den Pferderücken saßen, konnten nichts anderes tun, als sich festzuklammern. In diesem Moment spielte es überhaupt keine Rolle, wie gut sie normalerweise reiten konnten. Vera versuchte, Moldi wieder unter Kontrolle zu bringen, aber der Isländer weigerte sich, darauf zu reagieren. Er preschte zusammen mit den anderen Pferden am Stallgebäude vorbei in Richtung Wald. Es war das erste Mal, dass Vera auf Moldis Rücken Angst hatte. Er war noch nie durchgegangen. Und sie hatte sich noch nie so hilflos gefühlt.

»Bitte, Moldi …«, rief sie verzweifelt. »Bitte, Moldi, bleib ganz ruhig!«

Vera sah auf einmal, wie der Isländer die Ohren drehte. Er hatte ihre Stimme erkannt. Plötzlich machte Moldi ein paar langsamere Galoppsprünge und schnaubte. Und Vera verstand, was er ihr zu sagen versuchte. Er war nicht voller Panik und auch nicht zu Tode erschrocken, er wusste ganz genau, was er tat. Es gab einen Grund, warum er mit den durchgehenden Pferden mitrannte. Moldi wurde wieder schneller, um nicht abgehängt zu werden. Die Wahnsinnsjagd ging weiter Richtung Fluss. Vera konnte gerade noch denken, was für ein Glück sie hatten, dass das Eis bereits meterdick war.

Joakim stolperte grün und blau geschlagen aus der Reithalle. Menschen und Pferde trampelten, drängelten und schrien um ihn herum. Plötzlich stand Jakob vor ihm – mit der gesattelten und getrensten Westwind. Jakob sah ihn ernst an und reichte ihm Westwinds Zügel.

»Hier. Du musst los.«

Tödliche Kristalle

Genau in dem Moment, als Andrea das Loch im Eis erreichte, ging die Sonne zum allerletzten Mal in diesem Jahr auf. Rotgelb und ein wenig müde kletterte sie über den Eisrand. Feuer über dem Eis. Hier, wo alles begonnen hatte. Wenn es eine Stelle gab, wo sie etwas erfahren würde, dann hier.

Andrea stieg ab und ging dichter heran. Das Wasser leuchtete bläulich an den weißen Kanten, aber in der Mitte war es schwarz. Eine dünne Eishaut hatte sich wie Plastikfolie über das Loch gelegt. Andrea starrte hypnotisiert hinunter in das dunkle Wasser. Ob Adrian und Åse auf irgendeine Art noch dort unten in den Fluten waren?

Plötzlich knallte es. Das Geräusch war scharf wie ein Pistolenschuss. Avalanche warf sich erschrocken nach hinten und Andrea, die sich die Zügel um eine Hand gewickelt hatte, flog mit, als wäre sie ein Handschuh. Das rettete sie. An der Stelle, wo sie eben noch gestanden hatte, war das Eis in tausend Stücke zerbrochen und in das dunkle Loch gerast. Die Öffnung war auf einmal doppelt so groß. Ein dumpfes Grollen breitete sich über dem Eis aus, zuerst leise und dunkel, dann immer schärfer und lauter. Andrea beeilte sich, wieder aufzusitzen. Sie sah den Fluss entlang. Ein großer schwarzer

Riss begann das Eis zu teilen, er wurde immer länger und breiter und schien direkt auf sie zu zu kommen. Die gesamte Eisfläche war dabei, aufzubrechen!

Andrea gab Avalanche die Schenkel und sie galoppierten über den Fluss auf den Waldrand zu. Sie dankte ihrem Glücksstern, dass Schnee auf dem Eis lag, und ließ Avalanche weit ausgreifen. Bis zum Ufer war es nicht mehr weit. Andrea schaute über die Schulter zurück. Der Riss schien sie ganz bewusst zu jagen. Das Eis war hinter ihnen her!

Als das Ufer nur noch wenige Meter entfernt war, machte Avalanche einen Riesensatz und sprang das letzte Stück an Land. Andrea kniff die Augen zu. Sie hörte das Eis hinter ihnen zornig krachen und rechnete damit, dass sie zwischen den messerscharfen Kanten in den Fluss fallen würden. Aber sie erreichten wohlbehalten den Waldrand.

Als sie sich umdrehte, wurde ihr beinahe schlecht. Der Fluss sah aus wie eine Szene aus der Hölle. Das dicke Eis platzte und zerbarst mit ohrenbetäubendem Krach. Es hatte begonnen zu fließen und sich zu bewegen. Aber es war kein Wasser, das da hervorschoss – es waren riesige, rasiermesserscharfe Eisblöcke! Andrea riss den Mund auf. So etwas hatte sie in ihrem ganzen Leben noch nicht gesehen. Das Eis zerteilte sich zu Schollen, die vom Fluss heraufgeschleudert wurden und alles zerstörten, was ihnen in die Quere kam. Was war das hier? Sie versuchte, den Gedanken nicht weiterzudenken, aber gleichzeitig wusste sie – das hier musste mit der Unterwelt und den Toten zu tun haben. Wie konnte sie nur so dumm sein, ganz allein hierherzukommen?

Sie wanderten stundenlang durch die Gänge. Åse wurde immer mutloser. Alles sah genau gleich aus. Sie würden niemals hier herausfinden.

Adrian blieb an einem Kreuzweg stehen und sah sich nachdenklich um. Åse seufzte.

»Du hast keine Ahnung, wo wir sind, oder?«

Adrian antwortete nicht. Er schaute in den Gang, aus dem sie gerade gekommen waren, und dann in den Gang zur Rechten.

Åse ließ sich zu Boden sinken und blieb dort sitzen. Das Weinen wuchs zu einem Klumpen in ihrem Hals. Es war alles ihre Schuld. Wenn sie nur nicht geglaubt hätte, dass sie Adrian auf eigene Faust helfen könnte, dann wäre das hier niemals passiert. Sie verbarg ihr Gesicht in den Händen und versuchte, das aufdringliche Licht auszusperren. Adrian legte ihr eine Hand auf die Schulter.

»Lass nur, Adrian. Es ist okay. Du brauchst nicht länger so zu tun, als würde alles gut werden …«

Åse schaute auf. Adrian zeigte zur Decke des Höhlengangs.

»Sieh mal.«

Åse rappelte sich auf und blickte hoch. Das helle Gewölbe mit den verwirrenden Schatten machte es schwierig, etwas zu erkennen, aber tatsächlich, da oben war etwas. Sie ging ein paar Schritte in den Gang hinein und da sah sie es – es war ein Tunnel in der Decke, der schnurgerade nach oben in den Berg führte. Er war rund und schmal und auf der einen Seite war eine Leiter. Der Tunnel verschwand im Nichts, aber Åse meinte, ganz, ganz weit oben Dunkelheit erkennen zu können. Das dunkle Tageslicht der Unterwelt.

Sie halfen sich gegenseitig, die Leiter zu erreichen. Adrian kletterte auf Åses Rücken und konnte die unterste Sprosse packen. Anschließend zog Åse sich an Adrian hoch und klammerte sich an die Leiter. Der Tunnel war schmal und eng. Aber nun waren sie immerhin auf dem Weg nach oben, hinaus aus dem Berg. Sie begannen zu klettern und es dauerte nicht lange, da wurde der dunkle Fleck über ihnen deutlicher und immer größer. Aber sie mussten sich beeilen.

Im Berg begann es zu grummeln. Die Leiter bebte und Steine prasselten durch den Schacht auf sie herunter. Adrian und Åse sahen sich an. Hatte Röökh schon das Gleichgewicht zwischen den Welten zerstört? Sie wussten nicht, was Röökh plante und zu was sie imstande war, um die Welt der Lebenden zu beeinflussen. Vielleicht war sie schon dort. Sie kletterten weiter und beeilten sich noch mehr.

Åses Arme und Beine schmerzten vor Müdigkeit, aber es waren nur noch ein paar Meter bis zur Öffnung unter dem dunklen Himmel. Da, plötzlich, drang ein anderes Geräusch aus der Tiefe des Berges. Ein Heulen, das immer näher kam. Åse bemerkte die Öffnung eines schmalen Tunnels, der direkt über ihr waagerecht in den Berg hineinführte. Da war etwas drin, etwas, das im Begriff war, ihnen den Weg abzuschneiden.

»Adrian! Beeil dich!«

Das Heulen wurde immer lauter und Åse bot ihre letzten Kräfte auf, um die wenigen Meter rasch hinaufzuklettern, vorbei an dem Tunnel und dem schrecklichen Geräusch. Adrian war direkt hinter ihr. Åse zog sich über den Rand und drehte sich um, bereit, Adrian hinaufzuhelfen. Plötzlich verstummte das Heulen.

»Åse!«

Adrian keuchte. Sein Kopf ragte schon über die Kante, aber plötzlich hielt er inne und schaute sie verwundert an.

»Na los, Adrian!«

Åse streckte die Arme nach Adrian aus, um ihn hinaufzuziehen. Als sie seine Hände packte, sah sie, dass sie blutüberströmt waren.

»Adrian … Du blutest ja …«, flüsterte Åse.

Adrian schaute bestürzt an seinem blutenden Körper hinab, ohne zu begreifen, was passiert war.

Seine linke Seite war durchbohrt von einem nachtschwarzen Kristall. Die Kreatur im Tunnel hatte ihm den

Kristall in den Körper gestoßen und war wieder im Berg verschwunden. Adrian hatte keine Kraft mehr und er schwankte auf der Leiter.

»Neeiiiin!«

Åse umklammerte verzweifelt Adrians Arme und warf sich zurück, um ihn über die Kante zu ziehen. Er hing leblos in ihrem Griff. Sie bekam ihn herauf und legte ihn unter dem dunklen Himmel auf den Rücken. Adrian war so bleich, dass seine Haut durchsichtig schien. Åse sah die Wunde, sie war tief und breit. Sie zog den Kristall aus Adrians Körper und ein Schwall Blut ergoss sich über sie. Adrian versuchte, etwas zu sagen, aber es kam kein Ton über seine Lippen. Entsetzt bemühte sie sich, die Wunde zusammenzupressen, aber sie musste einsehen, dass es zwecklos war.

»Neeiiiin! Du darfst mich nicht verlassen! Ich kann dich nicht noch einmal verlieren!«

Über ihnen ging die dunkle Sonne unter. Licht breitete sich aus und wurde mit jeder Sekunde stärker.

Åse nahm Adrians Hand in ihre und hoffte, dass ihre Kräfte noch ausreichen würden.

Retter in der Not

Die Pferde hetzten durch den Wald. Vera wünschte, Andrea wäre bei ihr. Sie hätte gewusst, was zu tun war. Oder Åse. Oder sogar Joakim. Sie betete stumm, dass die Pferde Richtung Fluss liefen und nicht in die Berge hinauf. Auf der offenen, glatten Ebene wären sie sicher. Moldi schien ihre Gedanken zu lesen. Seine Beine trommelten plötzlich noch schneller und er überholte ein Pferd nach dem anderen. Vera konnte nichts anderes tun, als sich festzuhalten. Der Isländer führte die Gruppe nun an und zu Veras Erleichterung schlug die durchgehende Herde einen Weg ein, der hinunter zum Wasser führte.

Durch eine Öffnung zwischen den Bäumen sah Vera den Fluss – sie blinzelte ungläubig. Irgendetwas stimmte nicht. Statt der glatten weißen Oberfläche aus Eis und Schnee sah sie einen wilden, stürmischen Fluss. Aber es war kein Wasser, das im Flussbett tobte und schäumte – es waren große, scharfkantige Eisschollen, die wie riesige Fontänen aus Glassplittern hoch hinauf in die Luft schossen.

Der letzte Reiter, der noch im Sattel saß, war eine Frau in den Vierzigern. Vera sah, wie sie entsetzt auf den Fluss und das heranrasende Eis starrte.

Die Pferde bremsten abrupt auf der Klippe und zwei von ihnen stürzten. Die Lawine aus Eis donnerte mit unglaublicher Geschwindigkeit auf sie zu. Die Luft war erfüllt von einem ohrenbetäubenden Krach und die Pferde wieherten laut vor Angst. Vera kniff die Augen zusammen und wartete darauf, zerschmettert zu werden.

Doch der Aufprall kam nicht und sie machte die Augen wieder auf. Der Krach hielt unvermindert an, aber zwischen ihnen und dem Eis stand nun Avalanche mit Andrea auf dem Rücken. Er sah größer aus als je zuvor. Das Eis kam nicht an ihm vorbei. Es explodierte, splitterte und wurde zurückgeworfen auf das, was einmal das Wasser des Flusses gewesen war. Mähne und Schweif von Avalanche flatterten wie Fahnen im Wind.

»Vera!«, schrie Andrea. »Ich weiß nicht, wie lange er durchhält. Du musst etwas tun!«

Vera schaute sich um.

Hinter der Klippe war eine Felswand. Moldi galoppierte plötzlich darauf zu.

»Was hast du vor?«, murmelte Vera.

Das Erdpferd wusste, wie es seine Kräfte einsetzen sollte. Schon spritzten massenweise Steine und Geröll unter den Hufen des Isländers auf und bildeten einen Wall gegen die Eislawine. Moldi sprang direkt gegen die Felswand und Vera begriff, was er zu tun versuchte. Er hatte vor, das Eis mit einem Erdrutsch zu stoppen!

Sie merkte, wie Moldi innehielt, und mit ein paar gut

gezielten Tritten schien er den ganzen Berg ins Wanken zu bringen. Große Felsbrocken lösten sich und rasten auf sie zu. Der Zusammenstoß war so heftig, dass Vera aus dem Sattel geworfen wurde. Sie landete in der Grube, die sich durch Moldis Scharren gebildet hatte. Der Berg war ganz ausgehöhlt, und als Vera nach oben blickte, sah sie, dass die Felswand kurz davor war, auf sie herabzustürzen.

»Moldi!«, schrie Vera, während sie sah, wie die Wand über ihr vor und zurück schwankte.

»Vera! Hier! Schnell!«

Eine Hand streckte sich ihr entgegen. Vera schaute überrascht auf. Es war Joakim. Er saß auf Westwind, die in der Luft schwebte. Er zog Vera hinter sich auf die Stute, die sofort ein paar Galoppsprünge in die Höhe machte. Zwei Sekunden später stürzte die Felswand in die Grube.

»Wie hast du uns gefunden?«

Joakim zeigte auf seinen Kopf.

»Ich habe dich gehört.«

Vera schlang die Arme um Joakims Leib und drückte ihn fest. Er war zwar oft ein eingebildeter Schnösel, aber ach, wie gern sie ihn doch hatte. Jedenfalls in diesem Moment.

Im Auge des Sturms

Sie galoppierten durch die Luft über eine Lichtung, auf der die durchgegangenen Pferde sich nun hinter einem Erdwall beruhigt hatten, der von der herabgestürzten Felswand gekrönt wurde. Auf der anderen Seite des Walls setzte Westwind wieder auf dem Boden auf. Dort kämpfte Avalanche zusammen mit Moldi und Hot Flame, um der Eislawine zu entkommen, die auf sie zuraste.

Westwind setzte Joakim und Vera neben Andrea ab. Dann galoppierte sie weiter, zu den anderen.

DIE PFERDE! WAS ...
VRRAAAA!!

SIE SCHAFFEN ES! HEJA, HOTTY!!
JA! DAS IST ES ...

Das Eis schrie einen letzten Protest, während die tödlich scharfe Wand sich vor den Pferden auftürmte. Dann zog es sich zurück, wie eine riesige Woge, die rückwärts rollt. Die Eiswand kippte hintenüber in das Flussbett, brach auseinander und verteilte sich. Andrea, Vera und Joakim sahen staunend zu, wie das Eis langsam wieder zu einer Fläche zusammenwuchs, es war, als würden riesige Puzzlesteine an ihren Platz fallen. Es krachte und knirschte, als die großen und kleinen Eisschollen zusammenstießen. Dann war wieder alles still. Es war beinahe so, als hätte jemand einen Film rückwärts abgespielt.

Nun lag das Eis wieder wie eine Decke über dem Fluss und die Pferde begannen, ruhig am gefrorenen Ufer auf und ab zu laufen.

Avalanche knabberte am Zweig eines Busches. Vera umschlang Moldis Hals und Joakim ging kopfschüttelnd hinüber zu Hotty.

»Ich … ähm«, sagte Joakim. »Da ist noch was. Jakob. Er weiß etwas. Er … hat mir Westwind gebracht.«

Andrea starrte ihn an. Joakim sah völlig durcheinander aus. Sie wandte den Blick ab und sah hinaus auf den Fluss und das Eis. Plötzlich bemerkte sie, wie sich ein wohlbekanntes Oval zu formen begann. Es kam aus dem Nichts und bildete sich direkt über dem Eis. Andrea stand wie festgefroren.

»Vera, Jocke …«

Joakim und Vera blickten auf und entdeckten den Fleck, den Traumfleck.

»Ach du Schande …«, murmelte Joakim.

Sie wussten genau, was sie da vor sich sahen. Sie erkannten den schwarzen und grauen Rauch wieder, der über die Oberfläche der Öffnung wehte.

Der Traumfleck, das Loch, das es gleichzeitig gibt und nicht gibt. Avalanche scheute vor dem grauen Schimmer, der jetzt nur wenige Zentimeter vor ihnen schwebte.

Es war eine Öffnung zur Unterwelt und zur Welt der Toten. Die Toten waren wieder unterwegs.

»Was machen wir?«, fragte Vera. »Sollen wir uns nicht lieber verstecken?«

Aber es war zu spät. Aus der Öffnung schlugen bereits helle Rauchfahnen. In wenigen Sekunden würden die Kreaturen über sie herfallen. Andrea hielt den Atem an. Joakim machte ein verbissenes Gesicht und aus Hottys Mähne sprühten Funken. Moldi scharrte ungeduldig mit einem Huf auf der Erde. Sie waren bereit für den Kampf.

Mit einem Knistern spuckte die Öffnung zwei Gestalten ans Ufer. Sie waren wesentlich kleiner als die Monster mit ihren Reittieren, denen sie beim letzten Mal begegnet waren. Eine der Gestalten rappelte sich schwankend auf.

»Åse!«, schrie Joakim.

Er sprang von Hot Flame und rannte auf sie zu. Die anderen waren nur wenige Schritte hinter ihm.

Joakim umarmte Åse fest.

»Mensch, Åse! So was darfst du nie wieder machen!«

Sie war klatschnass und so durchgefroren, dass sie am ganzen Leib zitterte. Ihre Lippen waren blau und in ihrem blonden Haar hingen Eiszapfen. Es war, als wäre sie nie aus dem Eisloch herausgekommen. Als wäre sie die ganze Zeit dort unten gewesen und eben erst wiederaufgetaucht. Adrian hing über ihrer Schulter. Er wirkte vollkommen leblos. Åses Stimme war brüchig.

»Andrea … D-du musst Adrian helfen … Ich muss … die Öffnung … zuhalten …«

Im selben Augenblick fiel Adrian zu Boden. Andrea sah die große Wunde in seinem Bauch und schluckte. Sie holte tief Luft. Entschlossen setzte sie sich hin und legte Adrians Kopf auf ihren Schoß. Sie streichelte behutsam seine Wange. Die Haut war so bleich, dass sie durchsichtig schien, wie dünnes Seidenpapier, das zerreißen konnte, wenn man es zu unvorsichtig berührte.

Sie nahm Adrians Hände und legte sie auf seinen Brustkorb. Es war, als würde sie Eiszapfen berühren, und einen Moment lang hatte Andrea Angst, Adrians Finger könnten zwischen ihren warmen Handflächen schmelzen. Aber dann zögerte sie nicht länger. Sie schloss die Augen und konzentrierte sich.

Komm, Adrian. Lass mich dich heilen.

Durch die Kälte von Adrians Körper bekam Andrea eine Gänsehaut. Und dann passierte etwas, mit dem sie nicht gerechnet hatte …

Es war, als hätte ein heftiger Windstoß eine Tür zwischen ihnen beiden weit aufgeschlagen. Andrea schluckte. Sie sah plötzlich direkt in Adrians Seele. Sah alle seine Erinnerungen, Gedanken und Gefühle. Sie war so überrumpelt, sie wäre am liebsten weggelaufen, aber sie konnte sich nicht rühren.

EINE TÜR ZWISCHEN DEN SEELEN ...
REA RA
ADRIANS TRAUER, SEHNSUCHT UND SCHMERZ WURDEN ZU IHREN.

UND ADRIAN BLICKTE AUF DIESELBE WEISE DI-REKT IN SIE HINEIN.

Andrea merkte, wie ihr die Tränen über die Wangen liefen. Es war, als würden sie einander umarmen, irgendwo an einem Ort, an dem nichts anderes existierte als nur sie beide. Die Energie aus Andreas lebendigem Körper strömte in Adrians kaltes Herz und sie spürte, wie seine Kräfte zurückkehrten. Er wurde ganz ruhig.

Andrea öffnete die Augen. Die Wunde hatte schon angefangen zu heilen. Adrians hellblauer, erstaunter Blick traf Andreas. Er setzte sich auf.

»A… Andrea …«, murmelte er.

»Adrian!«, unterbrach Åse ihn. »Beeil dich. Ich kann es nicht mehr lange zuhalten. Röökh und die Knochenritter können jede Sekunde hier sein!«

Der Traumfleck flimmerte unruhig. Adrian sah Andrea an. Keiner von ihnen sagte etwas, aber er drückte ihre Hand ein letztes Mal, bevor er durch die Öffnung sprang. Auf der anderen Seite drehte er sich zu Åse um und lächelte bleich. Åse flüsterte:

»Ich verstehe das nicht. Wo ist Röökh? Wieso ist sie uns nicht gefolgt?«

»Ist doch egal!«, flüsterte Adrian. »Es ist ihr nicht geglückt!«

Und dann schloss sich die Öffnung zwischen ihnen explosionsartig.

Adrian war weg. Andrea starrte auf die leere Stelle in der Luft, wo er eben noch gewesen war. In ihrer Brust zog sich alles zusammen.

Åse entdeckte Westwind. Sie lief zu ihr und schlang ihr die Arme um den Hals. Die Vollblutstute schnaubte und blies in Åses Haar. Nun war es Åse, der die Tränen über die Wangen liefen.

»Ich hab dich so vermisst …«, murmelte sie und verbarg ihr Gesicht in Westwinds Mähne.

»W-was ist hier eigentlich los?«

Die Stimme ließ sie alle aufblicken. Es war die Frau, die den durchgehenden Schimmel geritten hatte. Sie stand leichenblass und mit zitternden Beinen am Waldrand.

»Wo kommen all die Steine her? Und das Eis? Was war das mit dem Eis?«

Dann entdeckte die Frau Westwind. Sie zeigte auf das Pferd.

»Und die Stute da … Ist die geflogen?«

»Äh …«, setzte Joakim an, aber Vera unterbrach ihn und rannte zu der Frau.

»Wie fühlen Sie sich?«, fragte Vera schnell. »Sie haben sich im Wald den Kopf an einem Ast gestoßen. Wahrscheinlich waren Sie ohnmächtig …«

Gemeinsam trieben sie die Pferde zusammen, um sich auf den Rückweg zum Stall zu machen. Andrea drehte sich um und warf einen Blick zurück auf den Fluss, auf dem das Eis nun wieder glatt und schneebedeckt lag. Die rote Sonne ging, nach ihrem letzten kurzen Besuch für längere Zeit, langsam unter. Da, plötzlich, in den allerletzten Sonnenstrahlen, meinte

Andrea einen kleinen grauen Fleck zu sehen, der über dem Weiß schwebte.

Im selben Moment verschwand die Sonne hinter dem Horizont. Andrea blinzelte ein paarmal. Sie musste sich geirrt haben.

Erzähl, erzähl!

»Wie konntest du nur das Krankenhaus verlassen?!«

Åses Mutter war aufgebracht. Sie saß neben Åses Bett im Krankenzimmer und blickte ihre Tochter ernst an.

»Was hast du dir eigentlich dabei gedacht?«

»Entschuldige, Mama. Das war dumm von mir«, murmelte Åse.

Die Verwirrung im Krankenhaus war groß gewesen, als Åses Bett plötzlich leer war. Niemand konnte begreifen, wie sie es geschafft hatte, wegzulaufen, ohne dass irgendjemand sie gesehen oder gehört hatte. Und dann war sie plötzlich vor der Eingangshalle aufgetaucht, verdreckt und durchgefroren. Zu Pferd! Åses Mutter schüttelte den Kopf. Gleichzeitig war sie so unglaublich erleichtert, dass ihre Tochter wieder aufgewacht war. Åse konnte es nicht fassen, dass sie eine ganze Woche lang im Koma gelegen hatte. In der Unterwelt hatte es sich angefühlt, als wäre nur ein Tag vergangen.

»Wir hatten solche Angst. Wir dachten, wir hätten dich nun auch verloren. Dich und Adrian …«

Åses Mutter unterbrach sich. Es war wirklich nicht der passende Moment, um Åse daran zu erinnern, welchen Kummer sie durchgemacht hatten. Aber Åse lächelte ihre Mutter an und griff nach ihrer Hand. Sie drückte sie.

»Es ist okay, Mama. Alles wird wieder gut.«

Das Einzige, was ihr zu schaffen machte, war, dass sie ihr Versprechen gegenüber der Großmutter gebrochen hatte. Sie hatten ein Fenster zwischen den Welten geöffnet, obwohl sie versprochen hatte, es nicht zu tun. Aber es war ja gut gegangen. Großmutter brauchte es nie zu erfahren. Und Adrian war geheilt und nicht länger bei Röökh gefangen. Er würde es sicher schaffen, ihr aus dem Weg zu gehen.

Joakim, Vera und Andrea kamen ins Krankenzimmer. Åses Mutter gab ihrer Tochter einen Kuss auf die Wange und stand auf, um zu gehen. Sie lächelte Åses Freunden zu. Während ihre Tochter im Krankenhaus lag, hatte sie begriffen, dass Åse Freunde hatte, die sich wirklich etwas aus ihr machten.

»Also, dann bis morgen. Sieh zu, dass du dich ordentlich ausruhst …«

»Ja, Mama«, antwortete Åse und verdrehte die Augen, während ihre Mutter aus dem Zimmer ging.

Joakim, Vera und Andrea setzten sich ans Bett.

»Jetzt erzähl!«, sagte Vera und machte große Augen. »Wie war es in der Unterwelt?«

»Na ja …«, begann Åse. »Was soll ich sagen …«

»War es unheimlich? Hast du die Knochenritter wiedergesehen? War es heiß? War es kalt?«

»Mensch, Vera! Immer langsam!«, sagte Andrea. »Åse muss sich doch erst mal ausruhen.«

Åse lächelte Andrea dankbar an.

»Wie lief es mit dem Übungskurs bei Patrick?«, fragte sie plötzlich. »Seid ihr jetzt alle Profis?«

Vera und Andrea blickten zu Joakim, der verlegen auf seinem Stuhl herumrutschte. Er schämte sich.

»Hört mal ... Das ist total blöd gelaufen. Tut mir wirklich leid ...«

»Das lief ganz wunderbar!«, unterbrach Andrea ihn. »Bis der Kurs unterbrochen wurde ... und die Hälfte aller Reiter im Krankenhaus gelandet ist.«

Joakim sah Andrea einen Moment lang erstaunt an, dann lächelte er breit und dankbar. Die beiden hatten ihm verziehen.

»Patrick hat versprochen, in ein paar Monaten wiederzukommen. Er interessiert sich wahnsinnig für Moldi«, ergänzte Vera. »Und dann kannst du auch mitmachen und bei ihm reiten.«

Anschließend erzählte Vera schnell, aber ausführlich, wie sie beinahe Helden für den ganzen Reitstall gewesen waren, als sie mit den durchgegangenen Pferden zurückkamen. Åse nickte. Dann gähnte sie ausgiebig.

»Seid mir nicht böse, aber ich glaube, ich muss jetzt schlafen.«

Andrea musterte Åse misstrauisch.

»Aber ich verspreche, dass ich wieder aufwache, okay?«

Åse schüttelte ihr Kopfkissen auf, während die anderen zur Tür gingen.

»Ach, übrigens …« Åse blickte ihre Freunde ernst an. »Zu glauben, dass man alles allein machen kann, war wirklich dumm.«

Andrea nickte.

»Mhmm. Ich weiß.«

»Nächstes Mal halten wir zusammen«, sagte Vera.

Joakim stöhnte.

»Muss es ein nächstes Mal geben?!«

Epilog

Es war einfacher, als ich dachte.
Sie haben genau getan, was ich wollte.
Nun ist die Polarnacht da -
und die Öffnung, die sie geschaffen haben,
ist nicht geschlossen.
Sie steht weit offen!

Die lange Nacht will nicht aufhören. In den Wäldern sterben auf mysteriöse Weise Tiere. Der Wind flüstert Geheimnisse. Aber kann man ihm trauen?

Lies den Anfang des dritten Teils der Nordlicht-Pferde, »Weg des Windes«.

Kapitel 1: Der Kampf im Wald

Joakim setzte sich mit dem Chemiebuch an den Schreibtisch, schlug es auf und seufzte. Es war der erste Tag des neuen Jahres. Zwar hatte er sich vorgenommen, ein neues Leben anzufangen, aber in den Weihnachtsferien zu lernen – das war wohl doch ein bisschen übertrieben, oder? Andererseits konnte er ja seinen Vorsatz fürs neue Jahr nicht gleich am ersten Tag über den Haufen werfen. Also blätterte er die Kapitel durch und versuchte, sich zu erinnern, womit er anfangen sollte. Das Buch stieß an die Maus und der Bildschirm von Joakims Computer wurde hell. Der Rechner war an, wie üblich. Er war nur ein paar Klicks entfernt … Er hatte zu Weihnachten ein total cooles Spiel bekommen, man war online und bewegte sich durch eine absolut irre Welt …! Joakim schüttelte den Kopf. Sein Vater hatte gesagt, er würde die ganzen Weihnachtsferien verspielen, und ehrlich gesagt hatte er nicht ganz unrecht, aber das war doch wohl egal? Joakim sah sehnsüchtig auf den Bildschirm.

Nur mal eben kurz …

Joakim klappte das Chemiebuch zu und loggte sich ein. Das Spiel machte wirklich süchtig, aber das war ja gerade das Coole daran. Sich einfach von dieser Welt aufsaugen zu lassen, sodass man völlig die Zeit vergaß.

Gestern Abend hatte er etwas in einer alten, stillgelegten Fabrik gesucht und tagsüber hatte er sich eine Strategie überlegt, wie er das Gesuchte vielleicht finden konnte.

Bald befand er sich wieder am selben Ort. Es war wirklich super. Joakim merkte, wie das Spiel immer realer wurde, je länger er spielte. Manchmal bekam er tatsächlich richtige Angst! Er meinte, Unmengen von bösen und erschreckenden Gedanken hören und spüren zu können. Eine Weile hatte er überlegt, ob es die Gedanken der anderen Spieler waren, die er las, aber dazu waren sie irgendwie zu fies. Nein, was er spürte, musste der eigentliche Kern, vielleicht die Seele des Spiels sein.

Hinter dem Bretterzaun, unter der Überführung … Seine Waffen lagen noch dort. Gut. Und nun durch den Tunnel, auf die Monster aufpassen, eins davon durch bloße Schnelligkeit überlisten, weiter den geheimen Weg hinauf … Er nahm das Messer mit, das an der Wegkreuzung lag, und lief weiter. Jetzt war auf einmal Wald um ihn herum. Und Schnee. Er konnte sehen, wie Büsche und Zweige sich unter der weißen Last bogen. Dieses Spiel war wirklich unglaublich realistisch. Dann spürte er plötzlich, dass er verfolgt wurde. Jemand jagte ihn den Weg entlang.

Joakim war völlig versunken in das, was auf dem Bildschirm passierte. Er musste sich beeilen …

Huff
ARRRG
AAAH!!

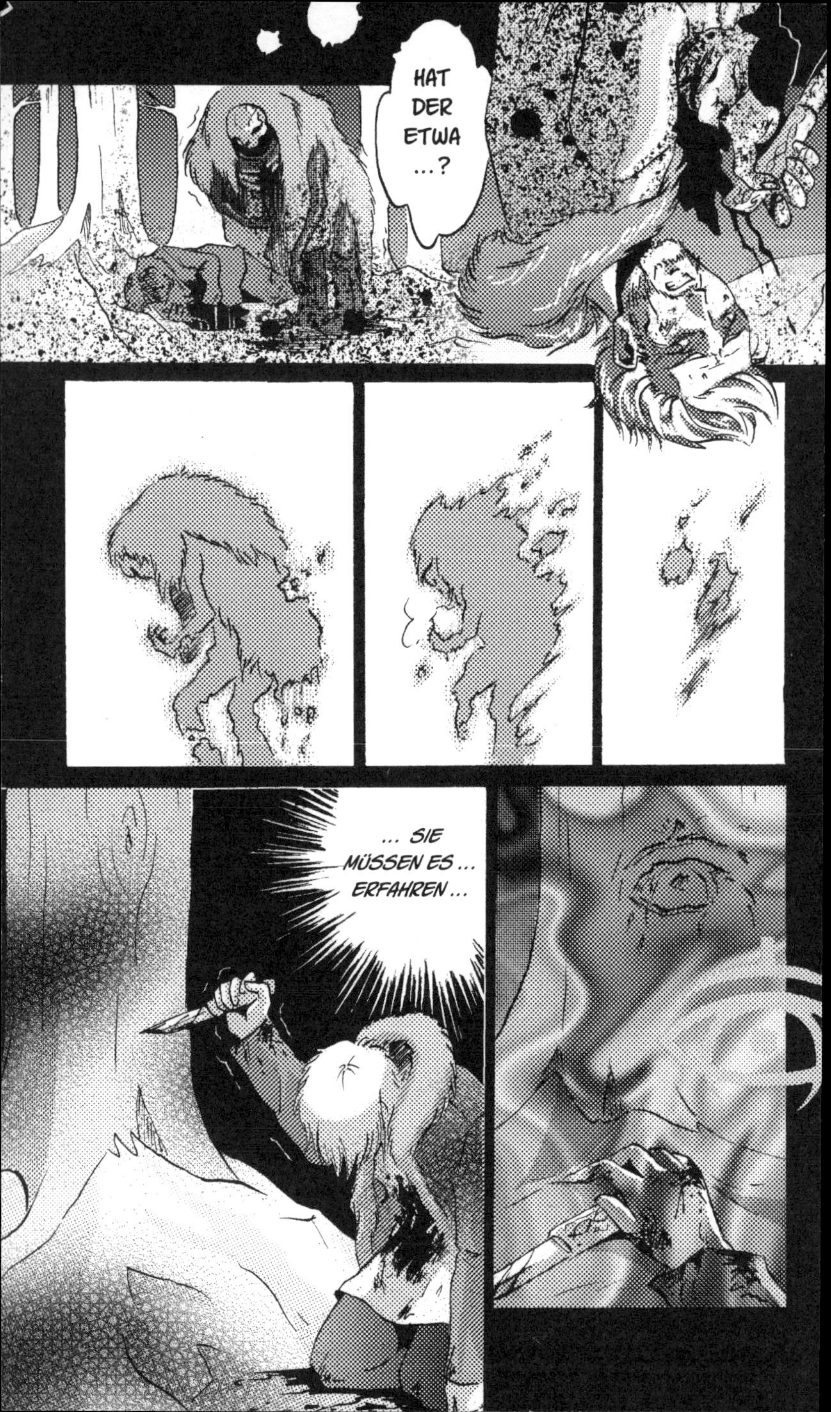
HAT DER ETWA …?
… SIE MÜSSEN ES … ERFAHREN …

Joakim warf sich nach hinten. Ein paar verwirrende Augenblicke lang wusste er überhaupt nicht, wo er war. Er schaute auf den Bildschirm. Der war völlig schwarz. Das Chemiebuch. Genau. Lernen, das war's. Er hatte ja nur ein paar Minuten spielen wollen. Und … dann war irgendwas passiert. Joakim schüttelte sich. War er eingeschlafen? In seinem Kopf wimmelten immer noch die Bilder aus dem Spiel. Er sah das Monster, das jemanden getötet hatte, und spürte die Angst und das Entsetzen des Mannes. Und das Wesen, das den Mann umgebracht hatte, hatte ein Messer in den Bauch bekommen und sich in schwarzen Staub verwandelt. Merkwürdige Szene für ein Spiel. Er hatte nichts beeinflussen können. Und die Grafik war völlig realistisch gewesen. Aber was war danach passiert? Joakim bewegte die Maus und sofort war er zurück im Spiel. Aber nun befand er sich in der Fabrik. Keine Spur mehr von dem Wald. Ach, egal. Er war wohl einfach eingenickt. Hatte ein paar Sekunden geschlafen oder so. Das Gehirn konnte einem schlimmere Streiche spielen als das, wenn man nicht aufpasste. Entschlossen loggte er sich aus und schaltete den Computer ab. Genug für heute. Seufzend zog er das Chemiebuch zu sich heran. Valenzelektronen. Aha. Damit sollte er wohl anfangen. Die Seite wimmelte von Zeichnungen und Tabellen. Verschiedene Schalen. Sicher …

Joakim blickte auf. Hatte der Bildschirm geflackert? Er war sehr, sehr staubig …

Etwas, das aussah wie dünner Rauch, legte sich gerade auf sein Chemiebuch. Ein kleiner Haufen rußschwarzer Staubkörner, die sich zu einer ganz bestimmten Form zurechtschoben.

Das Zeichen.

Es war das Zeichen, das der Mann in den Baum geritzt hatte.

Joakim fuhr mit dem Finger durch den Staub. Er war schwarz und ein bisschen ölig. Das waren eigentlich keine Staubkörner, stellte er fest, sondern eher winzig kleine Rußflocken … wie die, in die sich das Monster im Spiel aufgelöst hatte …

Es klopfte und dann wurde Joakims Tür geöffnet. Der Luftzug blies in die Rußflocken und wirbelte sie auf.

»Jocke, das Essen ist fertig.«

Joakims Schwester Charlotte stand in der Tür. Sie sah ihren Bruder ungeduldig an.

»Kommst du jetzt oder …«

Joakim blickte fragend auf sein Chemiebuch. Das Zeichen war verschwunden.

Der Zauber der magischen Flammen

Mit Manga-Seiten

Noomi Hebert / Lena Ollmark
Die Nordlicht-Pferde
Geschenk des Feuers
Ab 10 Jahren · 144 Seiten
ISBN 978-3-7817-3012-0

Auf dem Reiterhof Nordlicht lernt Andrea die geheimnisvolle Åse, Joakim und Vera kennen. Bei einem Ausritt beobachten die vier eine seltsame Feuer-Zeremonie. Plötzlich gehen ihre Pferde durch und reiten durch die Flammen. Danach ist nichts mehr, wie es war, und Pferde und Reiter scheinen verwandelt …

Der magische, spannende erste Band der Nordlicht-Pferde – mit Glitzerfolie auf dem Cover.

KLOPP Weitere Informationen unter: ***www.erika-klopp.de***